风景纪

FENG JING JI

张品 —— 著

陕西新华出版 三秦出版社

·西安·

图书在版编目（CIP）数据

风景纪 / 张品著. -- 西安：三秦出版社，2025.
3. -- ISBN 978-7-5518-3290-8

Ⅰ．I267.1

中国国家版本馆 CIP 数据核字第 2025R5X612 号

风 景 纪

张品 著

出版发行	三秦出版社
社　　址	西安市雁塔区曲江新区登高路 1388 号
电　　话	（029）81205236
邮政编码	710061
印　　刷	陕西隆昌印刷有限公司
开　　本	889mm×1194mm　1/32
印　　张	6.5
字　　数	139 千字
版　　次	2025 年 3 月第 1 版
印　　次	2025 年 3 月第 1 次印刷
标准书号	ISBN 978-7-5518-3290-8
定　　价	58.00 元

网　　址　http://www.sqcbs.cn

CONTENTS 目 录

第一篇 山河风景

沿黄采风 点滴成河 ………………………………… 3

有一个地方叫黎坪 ………………………………… 12

给人行留一条路，专门的 ………………………… 20

大秦岭的感谢 ……………………………………… 25

莲花山公园草坪漫游小记 ………………………… 29

大城市，小树林 …………………………………… 34

珞珞其石 …………………………………………… 39

笔架山公园的路 …………………………………… 45

沙子落在什么地方，风说了算 …………………… 51

大众镜头里的诗意 ………………………………… 55

涛声自心响

——"万松源"小记 ……………………………… 60

一桶水和一瓢水 …………………………………… 66

未央路之未央 ……………………………………… 75

狼可不是这样想的 ………………………………… 80

谁家都有宝 ………………………………………… 90

小场地的大格局 …………………………………… 96

不漏风的小棉袄和贴身口袋 ……………………… 100

玩着长大·················106

绿化　绿化　还是绿化·················112

永驻在心中的责任·················117

活水的情结·················125

第二篇　悟性风景

当绿成为"污染"的时候·················133

盘子的功能·················138

景观也跟风·················142

无序之序·················147

示范不是做个样子·················151

第三篇　心灵风景

永远流淌在乡愁里的河·················159

鞋和玉米糁的往事·················165

妈妈一直拉着我的手

——童年二三事·················169

漆瘊子·················178

爱情的"含金量"·················182

第四篇　生命风景

雪夜不眠灯·················187

女电工·················199

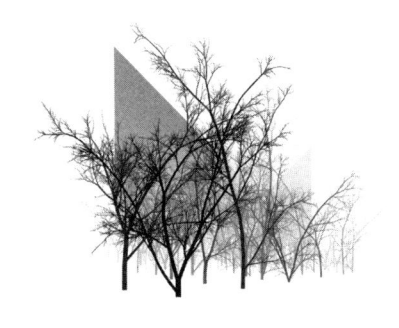

第一篇

山河风景

第一篇　山河风景

沿黄采风　点滴成河

做景观项目几十年，挂在嘴边的一句话"要投入感情做项目"，到底什么是做项目的"感情"，却是一个很难说得清的问题。"创作的欲望"？"对美的向往"？"对山河的热爱"？"几十年的教育"？"获得他人的认可"？如是等等，但又莫衷一是。怎样发现这种"感情"的激发源，它来自怎么样的价值取向，是成功感还是经济效益？是公司的名声还是个人的成就？更难说清楚。值得庆幸的是沿黄公路勘察设计的千里之行，让我触摸到了这个"人人似乎都能听得懂，但似乎又谁也说不清"的，"要投入感情做项目"话题的内涵。

沿黄公路，号称"中国的一号公路"，是沿着陕西境内黄河西岸的一条南北通道，北起榆林市府谷南到渭南市华阴全程800多千米，连接了九条高速，十三条国、省干线公路和八十多条县乡公路。串联了陕北到关中的多种地形地貌，串联了中华五岳之西岳华山、黄河第一瀑壶口瀑布、《蒹葭》写作地洽川湿地、1700年前的司马迁祠、保护最完美的古村党家村、历史名城韩城古城、黄河蛇曲国家地质公园、秦晋大峡谷的乾坤湾、闯王寨、白云观、天台山、吴堡古城等五十多个名胜古迹。然而，黄河在陕西从北向南滔滔而下的这段浑黄的激流，才是沿黄公路最大的景观，最明晰的历史脉络，最深刻的文化背景，最动人心弦的诗篇！放眼大河，她被称为中国的"母亲河"，是中华文明的主要发源地，中国人民在黄河流域创造了灿烂的古代文明。做这个交旅融合的项目，是在悠久的黄河文明史的大格局中，构建深邃而宏大的时代命题，任务艰巨而光荣。

驱车沿黄，一路上怀着朝圣一般的虔诚，赋诗一般的激情，回家乡看望母亲的急切，欲飞到黄河边，掬一捧黄河水，解一腔文化的饥渴。学生时代就立过志愿，等挣钱了就沿黄河走一遍；工作了，有家了，挣钱了，可没有时间了；现在有时间了，但是人却老了，这次勘察沿黄了却了一生的心愿。沿着大河，踏过一千多千米的路程，感受了黄土高原的雄浑，聆听过信天游的高亢，触摸了陕北历史的棱角，让黄河之水每时每刻都从心中流过。勘察团队每一天都在激情澎湃中度过，黄河文化深深地激荡着我们的家乡之爱，山河之爱，我们在情感的浪潮里奋力扬帆！可惜我不是诗人，但我知道诗不在远方，在每一个热爱生活、热爱土地、热爱山河、热爱祖国的人的心里。八天来我试图用诗来记载壮美黄河和黄河之行。

榆林篇　数数点点

过沙漠，穿河套，转身向南，大河入陕第一弯。
折赛花，无梁殿，孤山长城，抗金伉俪结良缘。
秃尾河，天台山，蓝碳新城，东渡黄河刘志丹。

第一篇　山河风景

香炉寺，单石悬，葭州古城，日出扶桑白云观。

秦晋好，四桥连，古城吴堡，横沟石中涌温泉。

二碛险，浪滔天，红军东渡，耕地百姓造大船。

守业难，创业难，柳青故里，沟峁枣林务桑蚕。

红枣县，青石板，宽州清涧，高亢道情唱崖畔。

袁家沟，高家村，主席奋笔，分外妖娆擘江山。

鱼儿峁，太极湾，大河无定，巨龙偃卧盘曲段。

沿黄线，榆林段，半山半川，河载青史再向南。

　　正是中午，阳光照射着黄河边这片一点也没遮掩的宽阔的沙滩，这是当年红军东渡黄河开赴抗日前线的渡口。渡口村的党支部书记给我们指点着崖畔上的一排排窑洞，指点着沙滩的滨水岸，指点着对岸的几条小路，告诉我们红军住在哪里，从哪里过河，从哪里上岸，感觉他就是当年开船的艄公似的，看他也就五十多岁，当年的艄公应该是他的父辈。果不其然，他动情地诉说他大大（父亲）和村民们当年腾窑洞、接红军、拆门板、造大船、送红军过黄河的往事。说得绘声绘色，手舞足蹈，如数家珍似的得意。他希望我们在他村口建一座纪念塔，让后生娃娃们知道家乡的故事，让走沿黄公路的人记住渡口村。告别书记，已经午后了。西边高崖山峁把阳光分绺地洒在缓缓流动的河水上，在榆树、槐树、枣树的掩映中，渡口村在斑斑驳驳的在峁梁下静静地望着我们。书记带着多么深厚的感情接待我们，带着激情讲述红军和他们村庄的故事，这份历史的自豪感和干部的责任感，这份来自家乡的荣耀和乡愁的基因，才是他的深厚感情永远也不会枯竭的源头。

在袁家沟参观完 1936 年 2 月红军东渡黄河时中央机关办公的旧址后，步行登上毛主席写作《沁园春·雪》的高杰村五道塬的崄头。毛主席就是在一场大雪过后站在这里，眼前冰封的黄河，远方吕梁的群山万壑，都在茫茫白雪中。伟人登高望远，高瞻远瞩，对民族命运的忧虑，对中国历史的反思，对壮丽河山的赞美，对党领导中国人民更换人间的责任担当，诸多思绪涌上心头，他便写下了万古不朽的恢宏诗篇。这里现在建了宏大的纪念馆，修了上山的公路。我们来到五道塬最高处，脚下是被雨水冲刷过的浅浅的小沟渠和被游人踩踏得很坚硬的坎儿。黄河就在不远的地方，河对面山西的群山层层叠叠。我们到的时候是下午四点多，黄河和群山苍苍茫茫。这时又勾起了我对"用感情做项目"话题的思考。在伟人的诗词里，我们看到一位担负着中华民族命运的伟人胸中对山河的热爱，对民族的责任，对历史的担当及由此而激发的豪情，才是对这个问题的最深刻的回答。

延安篇　延川记

几回回梦里飞延川，立定双脚乾坤湾。
峡谷壁立九重天，母亲黄河气静闲。

一年年伏羲观天象，太极八卦圣览山。
花椒羊肉杂碎面，乾坤入怀养浩然。

第一篇　山河风景

山畔畔枣子红又甜，《猴子摘桃》高凤莲。
雄鸡打鸣树颠颠，剪纸传人刘晓娟。

一面面窑洞一对对站，抗日标语还贴在大门前。
会峰古寨清水关，伟人挥师进延安。

一道道山峁一道道川，河入壶口跌进渊。
风吼马叫河咆哮，跌宕泥雾冲云天。

一声声黄水谣，黄河怨，合唱星海光未然。
神州血雨腥风卷，中华举首望延安。

　　陕西延川黄河蛇曲国家地质公园的博物馆是一座弧形的、用黄色泥岩板装饰的、开了拱形门窗的建筑，看一眼就记住了，它属于黄河，它属于陕北，非常得体。在博物馆陕北民间文化的展室里，我们有幸认识了剪纸大王高凤莲的传承人刘晓娟。小刘，也就三十来岁的样子，一件大红的上衣和她面前铺开的大红剪纸《石榴熟了》非常抢眼。她在现场给游客表演剪纸艺术，这也是博物馆的一种展陈方式。我毫不客气地坐在她的身旁，请她给我剪一个。她随手拿起剪刀、红纸，没几分钟"一只喜鹊就飞到了枝头"，看那简练线条构成的喜鹊，似乎听到喜鹊喳喳的叫声。她在陕北出生，在陕北长大，从小喂鸡养羊，过年给人剪窗花。

花草虫鱼，百果千树，都在她心里生了根，剪纸不用打稿，不用描形。看她剪纸的动作，信手拈来，轻松自如，生活的品味在她的手上幻化为艺术。过去，陕北穷，窑洞的窗户和门上糊纸防风遮光，在窗户和门上贴剪纸成为一种陕北特有的习俗。陕北人就把对家乡的热爱、对生活的热爱、对幸福的憧憬用剪刀剪出来贴到生活里，用大红纸表达喜庆。刘晓娟剪工娴熟，动作细腻，神情专注，将感情投入创作。这份情愫包含了对生活的理解，包含了对家乡的自信，包含了对未来的向往。

韩城篇　夏阳文海

孟门浊流三尺浪，禹门早听雷声浑，湍流三百里，直落下千仞。

大禹神功疏长河，壶口北来出龙门，咆哮奔涌来，西袂莽昆仑。

鱼跃龙门惊梁山，千年古城夏阳春。大河舒筋骨，滋养华夏文。

殿前书生有陕半，陕半之半芝川镇。唐宋元明清，朝朝花缤纷。

可堪孔庙国子监，千年文庙风骨真。"一母三进士"，荟萃贡举人。

史家绝唱太史公，司马追风离骚魂。祠隽浓荫秀，梁山文峰峻。

亘地黄河出少梁，此门天开三秦会。莲叶无穷

第一篇　山河风景

碧，河畔望远村。

沿黄又接扶荔宫，南岸土原瞰河津。关关雎鸠鸣，蒹葭有伊人。

记得第一次来韩城梁山拜谒司马迁祠的时候怀里还揣着司马迁《报任安书》的手抄稿，当时我还是个中学语文教师，为了让学生理解《廉颇蔺相如列传》和《屈原贾生列传》的主体思想，给学生布置了抄写的作业，我自己也抄写了一份，正好有机会到韩城去，于是随身携带。我以为只有深刻理解《报任安书》中司马迁的遭遇和《史记》的写作动机，体味司马迁的"孤愤"和"坚韧"，才能把握《史记》篇章的精神内蕴。这次来芝川，上梁山，再拜司马祠，是做沿黄项目的"重头戏"。司马迁祠所在的韩奕坡悬崖下多了一个规模很大的广场，是司马迁祠景区的大门景观。一尊青铜铸造的司马迁雕像高大屹立。据介绍，雕塑有十二米高，暗示《史记》的《十二本纪》，重量五十二万两，寓意《史记》的五十二万字。两侧各有八组史记群雕。广场大约有二百米长，百米宽。在广场看司马迁巨雕，可惜只能仰视，没能看到史圣如炬的目光，亲近感稍有不足。最想感悟的是史圣"极刑而无愠色"、悲愤著史"通古今之变，成一家之言"、"虽万被戮"而无悔的、"孤愤""坚韧"的胸怀气度，最想体味的是"史家之绝唱，无韵之离骚"著作者的人格风采。我们在感受到宏大场面的激情后，不由得再深思创意的情感投入的话题。这种规模的制作，在表现出史圣对历史的责任担当和公正的价值判断方面，除传达出司马迁人格被戕戮而明生死之大义的情感基调之外，我想在感情投入方面还大有创作的空间。

渭南　洽川兼葭

大河千里到莘国，水阔水展水婉水缓，
　　苇接天、荷无边，泽国有良田。
洽川三秦小江南，鸡鸣鸭鸣鹅鸣鹤鸣，
　　百鸟集、禽满院，冬日春意暖。
葫芦石榴九眼莲，水涌波涌泉涌瀵涌，
　　蒹相恋、葭相恋，伊人处女泉。
黄水漫漫润无边，河西河东河上河下，
　　害已远、利无边，国泰百姓安。

华阴　老腔

亿丈之城，不测之渊，华岳之险。
三河之汛，黄洛之汇，不知其远。
关西大汉，三秦之吼，张族世传。
古调明清，拖腔檀板，《华阴老腔一声喊》！

到达黄河、渭河、洛河交汇处的赵渡镇已经是午后，太阳从大荔朝邑的高坡头照过来，古镇就在一片早到的黄昏中，黄河、渭河、洛河三水交汇宽阔的水面那边的山西依然是明亮的，水岸

第一篇　山河风景

像一条断断续续的线一直延伸到无穷处。赵渡镇南门门洞中刻的"浩穰之区"非常醒目。赵渡，古芮国之都，曾出土过芮公鼎，芮公鼎自1936年参加了英国"中国古物展览会"后就没了消息；千里送京娘的宋太祖赵匡胤多次从这里渡河。一块"浩穰之区"的题匾足见这里在历史上是物阜民丰的地方。我们来到三江汇的西岸，夕阳里，站在防洪的石笼坝上，看"海纳百川"的景象。天茫茫，水茫茫，山茫茫，一切都在夕阳里泛着橙黄的色调。经过了这片担负着洪水漫溢给下游防灾减灾的"黄河泛区"的大河折向东去，再卷起无尽波涛。一时间，八天来脚下的每一步，触摸的每一处，撞击心灵的每一刻，都像三河汇一样铺成一泓"情感"的海洋，幻化成一朵黄泥色的浪花。

把文化黄河喻为汪洋大海，它的每一个文化点就是一朵充盈着中华文化之光的浪花，流光溢彩。回来后，多次探讨项目内蕴曾彻夜不眠，为设定主题多次争论得面红耳赤，为什么，那是满怀了对滔滔黄河的热爱，那是小米饭和羊杂碎里的乡愁，那是对沟峁山川愿景的渴望，那是设计师对项目价值负责的本真，那是在时代大潮中建功立业的冲动……

"用感情做项目"，这是说不清，但能付出爱心的、崇高的、民族文化激情的冲动！

有一个地方叫黎坪

中国有多少个地方叫黎坪,不知道;但汉中南郑的黎坪国家森林公园可是个去了绝不会后悔的地方。

黎坪风景区是隐藏在大巴山腹地的一位俊秀的"汉中美女",无论气质还是颜值都是让人依恋的。广袤的山岳森林以原始的形态展现宏大的林相,黄洋河、西流河在深切的河谷中尽情地绽放着豪放和妩媚,巴山特有的喀斯特地貌和贵州的石林是性格迥然的兄弟,奥陶纪网纹泥岩的地质奇观,中华震旦角石和海百合随处可见。山甸碧绿的草场以层层叠叠的巴山松的浓绿为背景,几处巴山特有的村舍,几头黄牛悠闲地吃草,会使人陡然体味到阿尔卑斯山麓瑞士小镇的风韵。

21世纪初,黎坪还是"汉家有女早长成,养在深闺无人知"。南郑县林业局的老杨双脚踏遍黎坪的山河沟壑,穿林海,踏峻岭,开"无路之路",发现了数也数不清的巴山特有的山景、林景、石景、河景、湖景、田景……县市政府申报了项目,经国家审批组建"黎坪国家森林公园",由老杨出任园长。我们团队在森林公园的筹建工作中进入了黎坪。任务是组织景观线路,确认旅游分区,为开园做准备,还有一个最有意思的

第一篇　山河风景

事，就是给黎坪的景观取名字。我们开玩笑地说是老杨带我们做哥伦布的事业。

　　从周家坪（南郑县政府所在地）出发，汽车先走国道，再走省道，再上山区简易公路，翻过三座大山，转过六百六十个弯，历时三个多小时，到了米仓山的腹地，进了黎坪的门户——元坝镇。林场工作站在西流河畔的一个农家乐安排好我们的中饭。饭桌、坐凳都是经过粗粗打磨的千层岩，这些都摆在溪流石岸边，大树下。仰头看树，直立的灰白色纵裂纹的树干，三米以上才有粗大的分枝，长长的花絮从羽毛状复叶中垂下来，就像婚庆房间的彩条一样，硕大的树冠中洒下斑斑驳驳的阳光，落在桌子上是浓淡不一的圆形的光斑。这树叫湖北枫杨，老杨告诉我们，装运名茶"午子仙毫"的箱子就是用这种木材最好，轻软结实。餐桌上翠绿的青椒炒透明的腊肉、棕色的橡子面凉粉、自磨的米粉热面皮、土豆炖土鸡下得最快，林场的同志说都是当地生产的食材，放心吃，绝对安全。口中细细地嚼着油香油香的腊肉，这顿饭是我们来到黎坪的第一课，课题就是：这个地方叫黎坪。

　　车过粗朴的石桥，淙淙流淌的渗透着巴山葱绿色的是西流河，这条河不是"大河向东流"，它是要向西奔嘉陵江而去的。山路弯弯，坎坎坷坷，林场运木材的简易公路一直伸到"林深不知处"。一会儿，右侧大山的峰巅有一座突兀的巨石，人头似的，就叫它"仙人指路"吧；一会儿，左侧河谷里河瀑一跌数米，车在这里连续转了三个"之"字形急弯，不禁让人想起了华山石栈上的刻字"脚踏实地，步步为营"。通往中心景区的山路，一路惊心，一路惊奇，一路惊叹！

　　山叠着山，坡连着坡，绿覆着绿，一条湍急的流水九跌八瀑地从宽阔明亮处奔来，几条激流拧成一股，撞进一条刀凿斧劈的沟槽。沟槽两岸，全是长条形的岩石，岩石相叠十几层，石面凸出的凹进的长边使劲地向中间挤，似乎要把这奔流的水扬起来，抛出去，才舒心。激流跌宕，激浪流响，非要把石岸撞出"簌坎镗鞳"的声响不可。长槽几百米，声响震耳欲聋。当地山民说这是二郎神杨戬抽出宝剑怒斩恶龙，护佑黎坪百姓。倚天之剑，入海斩蛟，是人们对战胜自然力量的渴望，也是人们对生存、幸福的向往。伟大领袖毛主席在《念奴娇·昆仑》中写道："安得倚天抽宝剑，把汝裁为三截？一截遗欧，一截赠美，一截还东国。"伟人才是"倚天抽宝剑"的巨人，伟人才是中国人民幸福安康的缔造者，才是建立世界新秩序的创始人。这里山势峻险，气势浩大；水势汹涌，急湍若奔，敬借主席的词义，契合百姓的愿望，取名为"剑峡"。

　　黄洋河左岸，几座突出的高峰，几片原始的森林，几畦汪汪的水田；右岸对着这山、这林、这田的有一块平板巨石，被一块一米见方的石头支撑成45度的斜角立在河边，神似一面打开的镜子。这面"镜子"长约十米，宽约四米，厚约一米。李白的《秋浦歌》中："白发三千丈，缘愁似个长。不知明镜里，何处得秋霜？"诗中镜子照的是作者人生的悲叹；白居易的《照镜》："皎皎青铜镜，斑斑白丝鬓。"同是照出年老的悲凉。"身是菩提树，心如明镜台。时时勤拂拭，勿使惹尘埃"的明心如

第一篇　山河风景

镜那是一种禅学止境，虚无缥缈。现斜面打开的巨镜，摆在黎坪山水的梳妆台上，照出的是日月的圆缺，岁月的更替，自然的沧桑，黎坪山水的俊秀。是选"梳妆台"好，还是"镜石"好？黎坪人质朴、勤劳，守护着这一片自然的美丽，名字越朴实越切近黎坪。还是老杨高明，命名为"天镜石"。于自然、于黎坪、于形象都合辙靠谱。

　　沿着溪流石岸在树丛中"披荆斩棘"颇是辛苦，不知名的带刺的灌木丛硬拉住你的衣襟和裤脚，不让你走，有时候还得付出一点被划破皮的代价。离开河道，爬陡坡，脚的前半截费力，就让人想起谢灵运的"谢公屐"，那有多神奇。在我们上了一个高坡、绕了一个大弯后，溪流又和我们会面了。一座高峻的绝壁堵住了视线，抬望眼，你得把头使劲向脊背上仰才能看见绝壁的顶端。三层相叠的崖壁，都是页岩和板岩相叠，岩面上沟沟坎坎，密密匝匝，活似一排排打开的书页。老杨说这是"天书崖"，他取的名字。"天书"，是"河图洛书"的代名词，《简易道德经》："人献河洛，问何物，昊曰天书。"我们知道《河图洛书》是我国古代人民对时间和空间认识的经典作品，也是中华文明史上的千古之谜，取意河洛来命名黎坪山水，言之有理。商周时期姜子牙有一部著作《六韬》，也被称为"天书"，我猜想其内容大概也是战争谋略论之类，和我们黎坪的青山绿水不搭界；汉张良倒是跟着刘邦在汉中养精蓄锐，明修栈道，暗度陈仓，最终夺取天下，成就了大汉王朝。张良曾"圯下拾履"，黄石公给张良一部《太公兵法》，也被后人称为"天书"，想必《史记》中记载的这个典故也是承《六韬》而来,未作考证,言不敢凿凿。把张子房的典故用于此正好和留坝的张良庙相呼应,那是有市场穿透力的。眼前这部打开的"天书",我们想它记载的是黎坪"山水林田湖草沙"的自然历史、黎坪人和黎坪山水和谐共处的故事。告别"天书崖"的时候,正午的阳光正好从崖顶洒下,给这座层层绿林簇拥中的层层天书崖壁,在明暗交错中,又平添了一份神秘。

山坡林地涵养的水,在冷坝的高山草地上汇成涓涓清流,溪流蜿蜒曲折地流过草地,一路放歌地在草地边的丛林中徜徉。我们也在牧歌的旋律中沿溪而行。就在溪流要跌下陡坡的这段河道,整块山石是它的河床,河床石面上有星罗棋布的浑圆的水臼。下大雨时肯定是满床溢流,汩汩滔滔,那肯定是"水琵琶"演奏的狂想曲;而这时候,细细的流水,大姑娘似的,半遮半掩,拈花微笑,每跌下一个潭就笑出声来。仔细数数,错落有致的深潭有七八个,我们就和老杨坐在潭边,把脚伸进潭水中,先是凉得"啊"的一声,然后是一串串笑声,再掬一把水,喝一口,又抹把脸,平时很讲究干净的女孩这时也随性山水了。天是那样的蓝,山是那样的绿,水是那样的碧,石头是那样的光,这时最能想到的是"神仙"的境地,于是就自然而然地套了一个故事。七仙女的民间传说大都来自《搜神记》,七位仙女绛姑、云姑、月姑、渺姑、青姑、碧姑、紫姑,大都和染色织布有关,假如这里是七位神女沐浴的地方,黎坪那七彩的山,多情的水,天籁的声,就是神女们解下的霓裳和泼水嬉笑声化成的,称之为"七星潭",从义从情从文从旅,都很得体。

第一篇　山河风景

　　黎坪发现了奥陶纪红色网纹泥灰岩遗迹，遗迹经省级地质专家组评审，被省国土资源厅批准设立了"黎坪地质公园"，这是后来的事。我们这些地质外行在当时确实被震撼了。从远处看，一片土红色的石台、石柱、石笋、石坡、石脊，就像一座远古时代的城堡坐落在广袤无垠的原始森林的绿色之中。第一眼就让人联想到了新疆草原石城、陕西府谷的莲花辿丹霞地貌等优质的地质旅游资源；但是走进遗迹，你就会发现这里比经验中的地质奇观更"奇观"。层层相叠的红色泥岩垒成的塔、堆成的丘、拥成的峰，看似有序，但又很随性地挤在一起。这些塔、丘、峰，有的蜂腰玲珑，有的膀大腰圆，有的似坐似卧，有的茕茕孑立，千姿百态，美不胜收。耸立的红色巨型泥岩体的间隙里长满了浓郁的小树，还有些叫不上名字的野花。前期勘查的人在巨石的间隙里开了路，我们就在这红色的石林里穿行。原始、古朴、奇异；忽而幽暗，仅能看见远处洞口的微光；忽而头顶一线天，阳光耀眼，心中不断地涌出很多奇奇怪怪的片段，"见龙卸甲"赵云的战场、关云长的"华容道"、"庞贝末日"的角斗士、世纪公园里的"时空隧道"……取名的冲动已经让我们不能自已。在一片红色的缓坡上有许多卧石，卧石上沟纹回旋，像大脑的构造模型，又像巨大的爆开的核桃仁。一个队员兴奋地说，这是爱因斯坦的大脑，高考的学子考前摸摸就会脑洞大开，金榜题名，惹来"满城"欢笑。还有些长长的伸展或者盘曲的红泥岩，那就是一条条飞舞或静默的巨龙，龙脊走势弯曲起伏，龙的鳞片排列有序，有人提议这景观就叫龙城吧，那这就算一个有入选资格的名字。老杨又带我们在石脊、石崖上找贝壳、角石、海百合等古生物化石，我们似乎看见了远古的大海，似乎感受到海底上升隆起的地球的轰鸣。后来，把这里命名为"海底石城"最贴切不过。

　　黎坪奇景最难取名的是瀑布。我国著名的瀑布有黄果树的瀑布群、广西的得天瀑布、云南的九龙瀑布、陕西的壶口瀑布、重庆的望乡台瀑布……各领风骚的瀑布，美不胜收，数不胜数。黎坪黄洋河的瀑布，论落差，二三十米，不是"飞流直下三千尺"，在著名瀑布中绝对是小字辈；论流量，大部分时段是几股清流，没有"推倒西峰一百丈，试观河汉所从来"的体量；论宽度，也就是三四十米，没有"巨灵怒擘两山开，飞下玉龙归海去"的广深；论气势，并非"忽闻雷霆脚底声，声撼乾关隐坤轴"，浩大不足。黎坪的瀑布，过去有人称之为"双瀑"。第一级落差约二十米，半环形怀抱流瀑。瀑下有半月形深潭，板岩汀步，"漱石漱流俱可意，濯缨濯足且随时"，在流瀑飞溅的水雾中小憩、穿越，也别有一番滋味。第二级从一级潭中涌出，直下二三十米，落入大河，水声激越，群山回响，山谷逾显得寂静，真有"奔倾漱石亦喷苔，此是便随元化来。长片挂岩轻似练，远声离洞咽于雷"的意境。雨季水量剧增，双瀑满流，气势不缺"磅礴"，黎坪瀑布也就"双龙跃出两崖间，倒泻银河作飞瀑"了；但是，这还都不足以激发取名的冲动。老杨说，你看这双瀑周边群山上的大树，都是枫树，黎坪的十月是金色的、赤红的；我们若在十月里来，满山红叶就把双瀑装点成一个世外的仙境。老杨的一番话激起我们的思绪，"万叶霜丹间晴绿""散成飞雨到潭心",称之为"枫林双瀑",和自然有约定,对美景有期许,和黎坪有缘分。后来景区为了叫起来简明,叫成"枫林瀑布",这确实没有"枫林双瀑"有感召力。

　　黎坪景区的景点还有很多,高坑瀑布、千层岩、冷坝草甸、红石山、石城、石马山等。景区建成后,国道、省道都通车了,景区的长桥飞栈园路都通行了,酒店民宿都生意兴隆,年接待游客达到几十万人次。真想再去黎坪,巴山风情招引我,黎坪山水吸引我,三次到黎坪的风风雨雨、点点滴滴永志心头,总挂念着一句话:有个地方叫黎坪。

给人行留一条路，专门的

从2009年在西安高新区一个小区租住至今已经13年了，小区楼不算太高，也就十七八层，楼间距大都在三十米左右，整个小区建筑疏密得当，路径布局合理，景观突出了一个字——"绿"。配置的植物种类繁多，可以说是集北方园林植物之大成。售楼部置业经理人带客户看房最自信的一句就是"这个小区的绿化没得说"。小区住户的绿色享受是"全年候"的：春天百花次第开放，万紫千红，争奇斗艳；夏天林荫蔽日，凉爽宜人，从外面走进小区，顿觉凉爽舒适；秋天"层林尽染"，满园飞彩；冬天绿韵依旧，不吝阳光，寒风还没有走远时，腊梅、红梅、白梅次第载雪绽放。确确实实地"四季有花，常年绿色"。诸多景观公司的设计师都会到小区来体验，回去都会感慨地说，这里简直就是一座多彩森林。我选择在这个小区居住大致也就是这个由头；但是让我感动的却是一条生态谷和绕着河谷的一条环形健步道。

这条路连接了两个有喷泉的池沼，两个健身小场地，两处景观亭，五片小树林，四座过溪小桥和向环外连通的众多通道。让一个景观设计师感动的是设计者用心布局了一条纯粹的健步道。

第一篇　山河风景

当今城市人车矛盾已经发展到不可调和的境地，早些年小汽车进入市民生活的时候，车是被人捧红的，车逐渐成为道路的"霸主"，人似乎被城市忽略了，公共空间大量被车挤占，有些地方行人甚至到了"无立锥之地"的窘境。有些生活小区里人行道被拆除以拓宽车行道，有些小区牺牲绿地以满足停车的需求；然而这个小区却独有一条专供人行的景观绿道，而且是 20 世纪末开的盘，确实难能可贵！我在这条小路上每天走约一万五千步，十几年里熟悉了在这条路上健步的男女老少，这条路俨然被小区人认定是健步和休闲的最佳选择。两米多宽的道路，米黄色的水刷石路面，脚感特舒服；透水砖平面收边，道沿低矮，以阻挡从路边草坡上流下来的雨水；雨天健步也不用操心，道路横坡绝对是找施工高手做的，一千米环道，大雨中竟无一处积水。小区居民对这条路很依恋，好像一天不走这条路就觉得少了点什么似的。设计人常说，道路品质是用脚走出来的，此言不虚。

仲春的清晨，轻快的健步。含着水汽的阳光把这片十几棵美人梅小林子映成淡红的、粉红的、艳红的、深红的霞；阳光经过水杉林疏疏朗朗枝条的梳滤，在草地上印出淡淡的丝一样的斑驳，印象派诗一样的朦胧。小河谷的转弯处五角枫、红枫、青枫、丝棉木、白蜡都是一色的嫩，一色的鲜，一色的绿；从树隙洒下来的晨光，照亮嫩叶上的清露，渗透着绿，翡翠一般的光泽。健步的你，一下子记住了什么是仲春的模样。一片密密的竹林，被卵石小路分成五绺，阳光只把亮色赋予了青竹的梢头，卵石小路有一点幽暗，早有大伯大妈走在上面，他们天天这时候占有着这片清幽。走过网球场,"嘭嘭嘭"的击球声和年轻人的笑声从高大的木槿丛中传出来,阳光更温暖了。四月里,北方的阳光已经有些热力了,这条穿过樱花林的路会使你留恋,那些单瓣的、复瓣的、三重的、五重的,粉色的、嫣红的、纯白的、淡绿的,樱花漫天舞,在你的头顶是浮着花的云……健步中,一树一树五色的海棠花,一株一株雪白的粉团花,一片一片的深山含笑,迟迟不肯落英的白玉兰、紫玉兰,含苞欲放的锦带花,星星点点的迎春花、连翘花……给你伴行,给你指路。景观教科书上把这叫"步移景异",在这里常走的人感到的是:脚下轻快,眼前鲜亮,心里舒服。

深秋时节在这条路健步或者散步,就是在走一条彩色之路。"红于二月花"的红枫,"一林黄叶送残蝉"的黄栌。抬头是"高天黄叶"的七叶树,"风吹黄叶翻"的法国梧桐,满枝锈红的水杉;低头是麦冬青青,碧草缀红叶。五角枫、元宝枫、三角枫,谁都不让谁,看谁先黄、先红、先亮。走上几个回环,秋思萦怀。有几片彩色的叶子飘落在你的肩头,你就感觉到了岁月的重量。当蔚蓝的高天被头顶的红叶刻成一幅幅透光版画的时候,当摇曳的黄栌送来一阵阵清风的时候,当双脚踩在铺满黄叶松软的草地上的时候,连那些每日里忙活"油盐酱醋茶,老人孩子狗"的人,这时诗一样的倾诉都会在心头荡漾,走一路,赏一路,拍一路。

这条路一千米长,串联四个区域,两段缓坡,没有一个台阶,真正的无障碍,健步三圈,三千米路不觉得累。全段铺装材

第一篇 山河风景

料不滑不光,下雨不积水,平坦干爽。路段中通向各区的道路便捷流畅,方便自如。夏天不晒,冬天避风;下雨有躲雨的地儿,人多时有错行的地儿。最紧要的是除了有老人的轮椅外再没有别的车,不用避让,安全放心;没有聒人的噪音,也没有难闻的气味。难怪对面城中村的老人把到这儿来叫逛公园,他们和小区保安混得很熟,这样好进门。

这条路小河蜿蜒,小桥玲珑;廊上花藤,亭轩滨水;路侧河畔景石扮靓了河岸,芦苇书写了野趣,池沼喷泉喷出的是生活的水花。家家都有一本难念的经,谁还没有个郁闷的时候,这时走在这条路上气就顺了,烦恼就跟着脚步渐渐地淡了;谁都有个三朋四友、七姑八姨的,来客了,饭吃了,下来在这路上走走,享受享受都市里的纯情自然,也算是一个奢华的接待。那些承受了现代医学数据压力的人,血压、血糖、血脂、尿酸检查单一沓子,在这条路上一走,心里就宽了,希望就有了,"改善指标,秘笈在脚下",走,没的说。我陪一位同行朋友走过两个回环,他说,好景色能换来好心情,好心情能换来好心态,好心态能酿成积极向上的动力,这里的健步道就是给现代人量身定做的。

我在健步的时候,每每都要经过F区的小广场,小湖边长椅上是老人的世界,晒太阳的、聊天的、打望的,如约地来了,天天如是。湖边常有年轻的妈妈或者爸爸带着孩子捞鱼虫,不知道有没有虫子,但他们脸上的笑纹洋溢着家的温馨。有一次,看见一位老人坐着轮椅在池边钓鱼,我诧异地看了看,在水里找鱼,还真有两条小鱼,旁边一位散步的大妈悄悄告诉我:"他儿子刚刚才放进去的",不一会儿老人大声喊"咬钩了",脸上绽开了笑容。路旁E区的活动场地,有儿童的滑滑梯,有成人的健身器材。早晨健步时老人们早就在这儿开练,同时开谝了;下午奶奶爷爷或者是阿姨接了孩子,孩子非要溜几次滑滑梯才能被拉走。生活天天有故事,小路日日慰人心。

　　景观文化是什么,社区文化是几个雕塑和几堵写满"文化"的墙就能替代的吗?生活的状态写在人们的脸上,感受在人们的心里,人性在人的灵魂里。来吧!在这条现代社区专供人行的道路上走走,或许你会对"人性化设计"有一点新的感悟吧!

第一篇　山河风景

大秦岭的感谢

秦岭七十二峪，田峪不算有名；但因为它是秦岭国家植物园的就地保护区而备受关注。说到田峪，就不得不说一个人——植物园第一任园长沈茂才。当地人都说老沈做园长的十年，正是周至的大树都进了城、周至大石头市场都成了"石头村"的年代，而田峪沟没挖过一棵大树，田峪河没运出来一块大石头。建设植物园他恨不得把一分钱掰作两半花，就是个"老抠门"。几年前有幸认识了老沈，我请他介绍一下田峪沟的植物，他只是说："你懂得了栎属植物，就打开了秦岭植物种群之门，看田峪的树心里就有底了，但是可别打田峪林木的主意。"于是我就记着这句话走进了田峪沟。

汽车沿着田峪河迤逦进沟，到一天沟口停车，踩着石阶上坡。路边小树上游人或者山民系的红布条在微风里飘着，神秘的仪式感油然而生。上得一个小平台，一棵大树赫然直立，有三抱粗，青色泛红的皮，树干上挂着牌子"南榆"，南榆就是大毛榉木。散开的硕大树冠覆盖了这个平台，树下，有人用几块板岩搭了一个神龛，神龛里还插着残存的香火。扶着粗大的树干探身往下望，几十米陡崖下面，田峪河正跌下散乱的巨石，"急湍甚箭，猛浪若奔"，激浪的轰鸣在山谷里回响，手扶着大树，大树似乎也轻轻震颤。听山里人说，树大了，就成了神了，山神的兄弟就是树神，凡是要动大树，得先敬神。山民说这棵南榆就是田峪沟的"秦琼敬德"，敬德动不得。就地找块石头坐下看景，从衣袋里拿出烟时，心里咯噔一下，又放回衣袋，临离开时又去看了看，那些香火确实是熄灭了，才安心地离开了。

金牛坪是进入秦岭四十里大峡谷的入口，十几户人家，在深山里算是个大地方。村子长在高大的青冈木、核桃树、板栗林和青翠的竹子丛里。村民把粗大的树干从中间剖开，掏空养蜂；后屋的檩条上挂着很多正在熏烤的腊肉。房前屋后的，像老和尚百衲衣一样的小块地里种了葱、蒜、白菜、包菜，门前有狗，院子内外鸡成群地刨食。近些年进山旅游的人多了，村子里家家都开了农家乐。在村子里吃饭，蒜薹炒腊肉、凉调灰灰菜、竹笋炖土鸡是招牌菜，配上蜂蜜稠酒，真是地道到家了。讲究一点，饭前酒后上一篮子核桃让客人砸着吃。这儿的核桃，油香耐嚼，吃几个一路打饱嗝都是核桃香味，也真是"莫笑农家腊酒浑，丰年留客足鸡豚"。但你切切不要以为这里的人是粗朴的山里人，他们在山外住着洋楼，只在收获季和旅游季进山做生意，你吃完走了，他们车一开下山了，晚上要去楼观广场跳舞。社会已经把山民变成了"商民"。我们有当地干部陪着，当然礼遇较高，村长还给每人拿了一袋板栗和核桃。憨憨厚厚的村长临别时还说了一句很时尚的话："这核桃、板栗是田峪山水送给你们的。"

从金牛坪向西过田峪河新开了一条新的旅游路。这条路五次

第一篇　山河风景

过河，十个陡坡，在峡谷西面大山直立的崖面上架了三千多米长的栈道。栈道上行又下行，通到峡谷南口的堰塞湖。我们来的时候虽然栈道还在施工，但光是从金牛坪进谷到瀑布岩的三千米就够你看了。板栗树、铁橡树、黄栌树、柞树密密匝匝地分布在山崖、山坡、山脊上。才刚刚过了白露，山谷中浓浓的绿色里已经出现了红黄相间的色带，高崖上飘下来的柞树的黄叶，落在山道上，绵绵的、软软的，踩在黄叶飘落的路面上，秦岭的秋天感非常清晰了。裸崖绝壁的石缝中一簇簇的高山黄杨把崖面装饰成一幅幅清雅的摩崖石刻图。真不愧是秦岭植物园的就地保护区，植物主题的"大观园"。

田峪河在金牛坪绕了一个弯，沿着弯向前走就是秦岭大峡谷了，路至此只能步行。

河水从峡谷里一路赶来，把谷口漫成一湾浅浅的石滩，浅石滩又被河水分割成七八绺，十数条，小岛上满是柳树和栎树，树的枝条上还挂着草和断了的树枝，那是涨水留下的印迹。有些栎树的根包着石头，被称作"树抱石"。伴着河流，随弯就弯的山路大都是石板摆铺的。路旁树上挂着小牌子：铁橡树、锐齿栎、水曲柳、栓皮栎等，这一段河沟简直成了栎属植物的博物馆，难怪老沈说了要从栎属植物开始感受秦岭。大约前行一千米，山坡陡了，河道更窄了，河石更大了，水流更响了。桥就直接架在河岸的陡崖下。短坡头，岩壁侧，岩石缝，到处能看见三尖杉，有的甚至有碗口那么粗。这东西也叫粗榧，根是印章专家的爱物，据说很值钱，只可惜老沈不让你怀有别的念头。

再往峡谷深处走，河岸、谷口、崖头，随处可见零零散散分布的莲香、杜仲、南榆、水曲柳、油松；条条深谷中远远的山坡上成片的冷杉，分不清是原生林还是次生林。四十里峡谷荫翳蔽日，溪谷幽深。过了财神庙，胸径三十厘米的青檀三三两两地矗立在山脚下、漫滩湾、溪谷口。这是原始森林的气势，原生态的质地。据研究，秦岭青檀的衍生和茂盛，表明了秦岭生态系统的完整性。忽然明白了，老沈认死理，守护田峪沟，原来是守护秦岭完整的生态环境，守护"金山银山"，老沈这个"门扣"真的有含金量。

紫荆木，也叫滇木花生，常生长在南方千米海拔的混交林中；可是田峪峡谷的深处我们竟看见它成片地生长。这一段峡谷比较开阔，田峪河大拐弯，山势环抱，向阳背风，紫荆木满树顶的黄绿色的花簇，像团团片片的绿色的云。阳光从树叶的间隙里投在地上、树身上、叶片上，斑斑驳驳、影影绰绰，大写意的国画似的。

到达堰塞湖，峡谷开阔了，山低了，路也平了。前面五千米就到了秦岭村。看地图时"秦岭村"的名字就着实让我吃了一惊，多霸气、自信的名字，竟然用横亘中国东西的山脉命名一个山村，这个全世界唯一的名字，激发了我们内心的呼喊：田峪河感谢美好家园的守护者！秦岭感谢青山绿水的守护者！

第一篇　山河风景

莲花山公园草坪漫游小记

　　莲花山坐落在深圳中心区纵轴的北端，山地面积约200公顷。原由大王岭、莲花梁、九江坜三个村共有，山的向阳坡广植荔枝林，北坡有大量的桉树、海南红豆等林木。中华人民共和国成立后山上构筑了军事设施，这座山也被取名为"莲花山"。现在所称的"莲花山"，就是深圳著名的"莲花山公园"；而公园最值得"复登临"的"胜迹"就是大片的草坪。城市的草地，是现代城市的生态标志，是城市人放飞心灵的绿色空间，是城市"劳顿疲惫"时更新活力的情感原野；而莲花山公园更担负着展现城市大美、刻画城市性格、体现城市气质、渗透城市活力、蕴含城市"大善和厚道"的责任。陆游说"功夫在诗外"，当我们在莲花山公园的草地上，走过、跑过、坐过、看过、玩过、想过，会被这座城市的管理者和公园的建设者用情、用意、用心的深邃和浓烈而感动。

　　初春的晨光里，一抹朝阳的亮色唤出大王椰子林挺拔的身姿，要是有一点风，椰子树硕大的叶片就如一方方高举旗帜的方阵在朝霞里行进。高大成列的木棉树嫩叶满枝，洋洋洒洒，和大草坪对话。粗放的油棕小林子旁早有了太极拳爱好者刚柔逸动的身影。在条条直立林木的缝隙里都镶嵌着披满红霞的中心区建筑的剪影。各色林子的四周都是开阔的草地,晨光穿过林间的缝隙,在草坪上落下一道道朝霞。嫩绿的青草饱含着晨露的润泽和晨光的晶莹。晨光把起伏的草地边际勾勒成条条波线,在阳光里飘动。每逢节假日想要在这片蓝天下、椰风里、绿茵上有片小空间,就得起个大早。每天早晨,林子的石砌路上络绎不绝地走着到中心区上班的青年男女,双肩包,运动鞋,他们说着、笑着,脚步匆匆地走过绿色韵律的平缓,走进一天工作的平顺,又将从这里走回班后余暇的平静。椰风林草坪,是一种明亮的、一种向上的、一方活力焕发的生命的绿色。

条形小板编织的栈桥上,几个身着蝉翼般风衣的女孩正在摄影,摆 Pose(姿势)的笑声传到对岸的草地上,草地上一对情侣不时抬头望望这几个女孩,依偎得更紧了。水面记录了照相的女孩,也记录了那对情侣。也不知是谁给这片湿地草坪取了一个诗意的名字——"漾日湖"。远处绿树秀成堆,绿韵里涵养的雨水在这里慢慢地积,静静地渗,默默地流,漾着明丽的日光。"离离原上草",四季日日荣。菖蒲黄、水竹青,"所谓伊人,在水一方"。花驳岸、草驳岸、泥驳岸、树驳岸,一任纯情的自然,一任纯洁的爱情。草地的岸头,一棵榕树,一排排气生根,一络络攀爬的藤蔓。一队又一队的婚纱摄影小组在大榕树下留下了一对对青年人对幸福的憧憬。眼前的情境使人一下子忆起《藤缠树》里的歌词,"山中只见藤缠树,世上哪见树缠藤。青藤若是不缠树,枉过一春又一春",爱情就是要在这里开出灿烂的花,"笋子

第一篇 山河风景

当收就得收",收获创造的青春,收获青春的热力,收获时代的幸福,湿地草坪见证了城市青年的爱情,草地给了年轻人无尽的浪漫,草坪真是一片多情的土地!

　　浓碧的荔枝林,墨绿的榕树林,三段雕刻着特区生活画面的弧形景观墙,在山坡下,层层半合围出几万平方米的草地。千株凤凰木林给这片圆形草坪收了一条美丽的宽宽的切线,切线外是关山月美术馆、现代艺术馆、少年宫、图书馆……犹如深圳"建筑艺术"博物长廊。一群周日到这里的小学生,在绿草地上追逐、奔跑,欢快的笑声在绿色的气韵里滚动。草坪边缘宽大的石阶上几家大人随意地坐着,指点着在草坪上嬉笑跑跳、追赶气球、捕捉阳光里"肥皂泡"的男孩儿和女孩儿们。女孩儿的花结幻化成的彩蝶,在草色里翻飞;男孩都穿着印着足球明星号码的运动装,一队队地奔跑,世界杯比赛现场似的,这大概是几家人约好一起来草地"放羊"的。一对夫妻推着一把轮椅,轮椅上坐着一位满头银发的老人,跟来的孩子早就跑到草地的人窝里了,一家人都在孩子群里寻找自家孩子的身影。疫情期间,大家都戴着口罩,可这一会儿,老人突然摘去口罩,微微闭着眼睛,深呼吸。推轮椅的大概是儿媳妇,用手捅了一下身旁的男子,指指老人。男子立即要给老人戴上口罩,老人说,空气那么新鲜,想尽情地享受享受,多吸几口总行吧,当然一会儿老人自己又把口罩戴好了,全家都会心地笑了。带父母的、带孩子的、带伴侣的、带朋友的、带亲戚的,周末时、休假时、闲暇时,或者特想到这儿缓缓节奏、换换情绪、散散郁闷时,他们就成了这片草地的风景,这片草地就成了最贴心的颜色了。

国庆节后,秋天缓缓地来到了,秋风不断地把清凉送到这个海滨城市,莲花山公园的风筝广场到了最繁盛的时节。宽阔的、有些起伏的大草地上,挤挤攘攘,人头攒动。姑娘飘逸的风衣在奔跑中扬起,那是地面上飞舞的"风筝";小伙子体恤上印着"我爱你"几个亮色大字,手里牵着的线轮,一下一下地收放,眼睛跟着空中的风筝,那风筝一下一下地抬头,飞向更高处。看着这些放风筝的情侣,我想,牵线的姑娘们啊!让你的爱飞得更高些,但线永远要牵在手上。小朋友们有的放风筝,有的跟着跑,有的兴奋地呼叫,有的焦急地呐喊。那些放风筝的高手,稳稳地、轻松地、搅动着手上的线轮,神情自得,一副专业范儿,天上的"彩凤"炫耀着轻盈的身姿,"飞天蜈蚣"摇曳、飞腾,千姿百态的风筝变成了草地上空花花绿绿飞舞的云。有几个卖风筝的身上挂满了各色的风筝,打扮得像吉卜赛人似的,在草地的边际循行兜售。草地广场入口的大榕树树冠有几百平方米,这时都坐满了"打望"的人。"打望"在重庆口语里是在街上"看美女",这里的"打望"则是分享深圳放风筝人的快乐,体味深圳快节奏中慢生活的愉悦。莲花山风筝草地广场几乎没有淡季,在这儿放风筝已经是深圳人解不开的生活情结,已经融进了"改革开放,创新发展"深圳人的梦,草坪也就成了城市文化的绿野了。

莲花山的北麓,隔条莲花路就是居民社区了,公园在这儿的大草坪就成了社区生活的延伸,成了几万居民日常活动的"标

第一篇 山河风景

配"。这一线连接不断的草地，有的贴近密密的千层树的林子，有的在桃花满枝的坡下，有的在海南红豆林浓绿的"屏风"前，有的在棕榈高耸的薄荫里。这些草地，要么被绿树浓荫合围着，要么环绕着独木成林的大榕树，要么依着平缓的山坡，要么像高山的疏林草甸。周末的朝霞里，假日的夕阳下，散布在草地上的帐篷，就像天空中的星星。男的、女的、老的、少的，跑的、走的、坐的、躺的，草地上这份绿色的闲暇就是最高的"奢侈"。视界是通透的，空气是清新的，心绪是平静的，神情是舒畅的。只要看看每家的帐篷、草地毯、吊床、折叠软坐凳、食品包和暖水瓶等草地装备就深深地理解了草坪和城市人的亲密关系。生活有了这绿色"原野"，也就有了放飞心灵的地方。

1700万人口，人口密度每平方千米7000多人，中国第一，寸土寸金；但是这个城市一个莲花山公园就有55万平方米的草坪，城市建设者大胆的着笔和良苦的用心很值得点赞，而且这些草坪承载的不仅仅是城市之肺，城市之形体，城市之色彩，更承载了城市之气量包容，城市之人文关怀，城市之幸福愿景！莲花山的草坪，是深圳人的抒情诗，是深圳人的田园交响曲。

大城市，小树林

楼林、房堆，城市的形；喧哗、闹腾，城市的声；杂乱、灰暗，城市的色；烟酸、呛灰，城市的味；眯眼、刺眼，城市的光。车流人流就在这形声色味光里搅和着，颤抖着。在高大的楼房前面，在两股车流的中间，忽然，一片小树林出现在你的眼前，或高大、或低矮、或浓密、或稀疏的各色树木和各色的花、灌木连成或一片、或一带，如茵的草地中那些枝叶或金黄、或深绿、或艳红。透过林立的树干，影影绰绰的城市的房舍和来来往往的车辆好像已经很遥远了，你的眼睛就再也离不开这个洋溢着绿韵、绿情的大城市里的小树林了。

这些小树林在有丘陵有山地的城市也许不算什么，但在北方平原地带的城市，尤其是在西安城区就弥足珍贵了。

西安城区就有几条带状的小树林：大庆路绿化带20世纪50年代由苏联人规划设计，资格最老，预留的空间很大；唐延路和沣惠南路的唐城墙遗址公园（绿化带）是改革开放后建的，以唐文化概念为创意，在西安的绿化工程中那是开历史先河的；科技八路唐城墙遗址公园（绿化带）最能体现现代园林风格和唐文化的融合；幸福路林带，大量利用了地下空间，商业品质最有特色。南二环路林带是防洪沟上盖和高压线落地共同作用下的绿化带。当然,最有古城特色的还要算西安环城公园的绿化带,尤其是永宁门城墙公园和安定门城墙公园,那简直就是西安人的最爱,天天游人如织,从来没有淡季。

我最熟悉的莫过于唐延路唐城墙遗址公园的城市绿化带树林,绿化带处于唐朝延平门的所在地,林带穿过唐时的七个里坊,全程接近四千米。林带内有两条直线构成的步行道路和一条沿沣惠南路一边的曲径。在直行路的路边,断断续续的板岩石条堆成了城垛的形态,以显示唐代都城的里外分界。每隔几十米就有一些诸如宝相花等唐代文化符号的小型雕塑或者景观短墙,并附有唐代里坊的名称。在与科技路的交会处建有一座小广场,用唐代里坊的规划图作为地雕,告诉人们,你正站在唐代辉煌的过去之上。

我更喜欢在这里穿行。细雨蒙蒙,清风徐徐。下班回家,从公司步行一千米后就踏上了林带的路。这条路是纯粹的直线条,路旁的林木把人的视线直拉到很远的尽头,透视感极强。会使人一下子明白了西安人憨直的性格,才知道直线条是渗透到古城人灵魂深处的审美潜意识。路侧,国槐深绿的枝条微微摇曳,雨滴不时飘落下来,轻轻地敲击你的雨伞。十年前栽植的苗木胸径已经有 20 厘米了,风这样轻,摇不动它,雨水只是顺着深灰的枝干慢慢渗下来,纵裂的树皮,斑斑驳驳。银杏叶子大部分都被染成金黄,一些生长在大树遮挡的空隙里的叶子还浓绿浓绿的。这轻轻的风仿佛就是它们扇形的叶片摇出来的。栽植在林下草地边缘的红枫,叶子已经艳红,五角的叶片,摇着、摆着、招呼你、向你微笑。走在这或密密匝匝,或疏疏朗朗的林中,眼前滋润的绿、水色的黄、润泽的红都浸染着你的心绪,办公室里烦躁不安的心霎时走远了。有些事总得放下,放下了就踏在实地上了,不是所有的事都像疾风暴雨,让你躲闪不及。索性,收起伞,放缓步子,一任细雨无声地打湿你的心灵。

古城春天里最不能错过的是绿化带树林里的花。约几个朋友,到小林带看花。看西府海棠最好是三月底和四月上旬。李花谢了,美人梅花谢了,碧桃的花也谢了,这些或纯白色或鲜红色的花开得早谢得快,西府海棠就一朵一朵的、一枝一枝的、一树一树地开放了。古关中称宝鸡一带为西府,西府的海棠是河北怀来的八棱海棠、昌黎的热花红、云南的青刺海棠所不能比拟的。西府海棠,树态挺直,亭亭玉立,花色红粉相间,花团锦簇。新叶长出就浓绿欲滴,给花簇做了补色的衬托。假如你是早上来的,还有幸能看到"滴滴海棠泪"。陆游曾说:"虽艳无俗姿,太息真富贵。"宋代诗人也曾说:"染尽胭脂画不成。"有些花语说海棠花叫"断肠花",是生离死别的"苦恋";但我以为海棠花里蕴含着温暖,红色的、粉色的花朵是相思的温暖,是真挚爱情的热度,不"烫手",但暖心。海棠树下,造园人恰到好处地放置了几块出自秦岭的花岗岩景石,浅灰的云纹,不冷不硬;海棠花虽艳而不妖,这就是西府海棠石景的调皮劲儿。这些山石供路人在此歇脚,供爱花人花下留影。沿着青砖铺成的曲径一二百米,欣喜地走过海棠花盛开的甬道,你竟什么也没想,没顾上。

第一篇　山河风景

走到海棠小林子尽头，忍不住回头再望，高处大树的新绿成了海棠路段的大背景，低处草地上酢浆草花的粉红和马蔺花的翠蓝给这条路打了底色，"海棠依旧"兴高采烈地招手再见！

唐延路唐城墙遗址公园（林带）从南走到北大约要一个小时，城市人每天走一次那是太奢侈的想法，但是每天在林子里走走，坐坐，听听，看看，过滤一下浮躁和烦乱，平缓一下疲劳和困倦，调整一下心态和节奏是很好的选择。有一次，那是一个盛夏的季节，大街上的空气就像是桑拿室的那种感觉，几个人相约到附近的小丘陵走走，那里有好几个连接起来的小树林子。走在林中，平民的诗意顿生，就在路边写下几句能透出淡淡凉意的文字来：

走在林中，酷热和爽凉，

达成短暂的和解。

风的耳语，

鸟的家常，

气的平展，

快活了，

脚下的鞋。

闹市的喧嚣和燥怄，

轻了，

淡了，

远了，

在这林中树廊，

荫绿和奢侈的街。

"森林中的城市，城市中的森林"，这种带有城市生态品质愿景的宣传口号，我是不敢诟病的；但是森林是一个完整的生态体系，生物的多样性是必须强调的。由此看来，大城市有诸多小树林，就空间布局来说是不难做到的、是更接地气的、能落地的、造福于市民的举措。西安这些林带，大都几千米长，百十米宽，在大城市格局中确实是小空间，但是，小树林数量多了，喧闹削弱了，浮尘清淡了，空气清新了，人的情感调适了，多好！

珞珞其石

田峪河的出山河口确实是一块宝地。西侧是"此台一览秦川小"的老子"说经台",楼观台被誉为"天下第一福地"。东侧是通陕南古道的出山驿站——殿镇,千户之镇。田峪河千万年来把这里冲击为槽,淤积为滩,宽大的河滩几十年前至少有两千米宽,现在河道已工程渠化,只有几十米宽了。两岸或建设为旅游景点,或开发为楼盘,都统一用的是"楼观台"的名头。我最初来这里的时候,河岸还是自然缓坡,河床宽阔,滩石嶙嶙,清流在枯水季也有一二十米宽。河西岸的楼观台千年仙都广场、财神广场已经建成,游人络绎不绝。东岸的"楼观古镇"楼盘已经上市销售,2011年到2014年我在这个楼盘做一些补充和提升规划设计及建设方面的工作,于是就有机会日日下到河滩去,因此和田峪河的石头结下了不解之缘。

秦岭七十二峪,各有各的风采。田峪河之所以受人关注,首先是因为AAAA级景区楼观台,其次是因为河上游没有水库,田峪河是从来就不断流的;然而在我们这些和山水草木感情亲近的人眼中,田峪河峪口千万年沉积的石头才是最爱。"捡石头"是这儿的一道风景线,尤其是雨后,河滩里老的、少的、男的、女的；提包的、带车的，花花绿绿、零零散散、满河捡石头的人，甚至在南方工作的西安人，回关中都要到田峪河捡一回石头。

田峪河的石头不是收藏家眼中的"奇石"，也非田黄、寿山、黄蜡石、鸡血石等异质的"名石"，只是各色的河石，诸如长石、石英石、云母岩片等。我们凡人做的就是凡事，凡人自有凡人的喜好，凡人也会在自然里"寻找自我心理的投射"。我几年中在田峪河捡了大约有三百块小石头，小的只有巴掌大，最大的也不过一米高。不是大石头不漂亮，只是拿不动，不像当地村民开着小货车，载着起重吊车，把河石拉回家，当作景观石头卖钱。河床上色彩万种、形体千态的小石头是专业藏石者不屑一顾的，但这些石头却曾使我顶着大太阳、冒着大白雨在河滩里"众里寻他千百度"。"蓦然回首"时看到一块色性灵动的石头，欣喜万分，但又瞅着前方的各色石头，等回头再找那块时，就再也找不到了。后来，下河滩我便拿几顶色彩鲜艳的帽子，相中一块，用帽子盖住，再找下一块，再盖住，等上岸时"望帽而取石"，手里拿的，兜里装的，肩上扛的，满满当当，简直有"春风得意马蹄疾，一日看尽长安花"的兴奋劲儿。

三年中在田峪河捡石头，捡到的是朴实的美丽，捡到的是能触摸的自然，捡到的是乡愁里最动心的片段，捡到的是艺术的想象。我来晒晒我捡的几块石头吧。

"华山西峰石"，那是在一场暴雨过后的收获。田峪河的石头是要在水里看的，有经验的采石者在领客户看石头时，会先给石头上泼水，水光粼粼的石头色感层次分明，石纹清晰生动。有一

第一篇　山河风景

天,一场暴雨突如其来,雨后,内行人跟我说,这会儿是捡石头的最佳时间。我在彩虹跨河的时候发现了"华山西峰石"。水光闪动的透明中看见了它,淡黄的石皮,石青色的纹路,竖向棱线清晰;一侧陡峭如切,恰似华山西峰的凌云绝壁;斜线逶迤,皱褶的节理沿斜线上行,真如登峰之路;上部峰头挺立,下部纹路影影绰绰,酷似华山松的水墨大写意,活脱脱华山西峰的"具体而微者"。把石头从水里捞出来,捧在手上,华山西峰立如刀劈、绝空凌云的气势就在掌中。我年轻时九次登上华山西峰,每次都会被西峰的"刺破青天锷未残"的力度而震撼。大雨过后的河道满天响声,平时静静的流水这时是激流涌浪,奔腾咆哮。手里捧着"华山西峰石",心里怦怦地跳,已经过了花甲之年的我忽然有"老夫聊发少年狂"的冲动,想捧着这块石头重上西峰。

"浮岚暖翠石"。明朝山水画大师张宏有一巨制《浮岚暖翠图》,画面空间感很强,山峰沟壑,雾气弥散。画面下方密林简舍,远离尘世,空灵天合。得到这一块神似《浮岚暖翠图》的石头颇费了一些周折。楼观古镇项目部食堂就搭建在田峪河的东岸,吃中饭时看见食堂门口立了一块一米来高、六十厘米宽、二十厘米厚的石头。石面上岁月打磨过的纹路清晰可辨,逼真的山峰沟壑,乍看时,就是一幅山水画。这块石头勾起了我对《浮岚暖翠图》画面的记忆。一打听,才知道这是保安队长和一位保安刚从河里抬回来的,于是动了买回来的念头。人家有点不愿意,但看我如此喜欢,加之我的年龄和职务都在公司"顶层",也就无可奈何地答应了,并帮忙抬上我汽车的后备厢。后来我请他们哥儿几个喝了一顿酒,这才心安理得地把石头抬回家。石头到家,立即找最佳的地方放置,石头前面又摆了两盆花草盆景。端详良久,思绪翩跹,张宏画中那种闲情逸致、超然物外的情致油然而生。拍个照片,发个朋友圈,结果点赞爆屏。

"五花肉石"。在项目工地上干活儿的老乡给我教了个选石头的秘诀,在中流水急的地方去找"五花肉"。"五花肉"大概就是一种含有丰富赤铁矿的石英石。石头上层是纯色的石英石,中间白红相间,白的鲜亮,红的水嫩,在水里看简直就像是一吊子五花肉。有时会遇到大块头的,大约有一吨重,我看见了也只能"望石兴叹",啧啧称赞,又无奈放手,明明是我先发现的,但只能看着几个小伙子用倒链装上小三轮车,绝尘而去,"忍能对面为盗贼",据说这么大的一块石头能卖一千多元。这样的石头我先后找到过十几块,最终回到我家里长桌上的只有四五块,每吊子也都是只有一二斤重的"五花肉"。这已经够了,摆在长桌的小桌柜上,再配上几株盆养的兰草,"肉"虽有色而无味,但幽幽香从兰中来。当你心里有诗意的时候,便是"清风明月本无价,近水远山皆有情",我意本也不在石,这就很好了。

"狂草石"。"草圣"张旭,狂草"颠人",甚至是甩头发写字。唐代韩愈曾说:"往时张旭善草书,不治他技,喜怒、窘穷、忧悲、愉佚、怨恨、思慕、酣醉、无聊、不平,有动于心,必于草书焉发之。"我每每看到张旭的《李青莲序》的帖子,都被他那潇洒不羁、纵横恣肆的书法魅力所感染,可巧的是在田峪河得到一块底质是棕黄的泥砂岩,石英石的纯白线条嵌在砂岩里,狂

第一篇　山河风景

放飞舞，流浪狂奔，这莫非是张旭的精气再现。找到这块石头的时候，风很大，雨很猛，那些石英砂的流线在水里随浪舞动。捞出水面时，那些舞动的线条似乎还在狂笑，好似张旭的长发在风雨中狂舞。以后，当我感到暮年将至的一丝悲凉的时候，就把这块石头捧在手上，和它说说话，倾吐倾吐心声，再望望窗外的高天，大吼一声，包包一背，出门去。

我捡石头，一不在乎它是什么，二不关注它像什么，联想多于物象，因而也就有点"精骛八极，心游万仞"的意思。捡的石头多了，在家里箱子装，地上堆，长桌上放，房间成了石头城。有浑圆带麻点的，或青色，或黄色，或白色，或绿色；有瘦骨嶙峋、棱角分明的，或适于立放，或适于卧置，或斜倚侧靠的。轻巧玲珑的石块，其纹路或似小鸟鸣树巅，或如小虫伏地缘；敦厚稳健的石块，有的色如雪压青松，有的形如风扫落叶。我没在意过它们的质地高贵抑或贫贱，只是想象它们形成时历经了多么伟大的炙热岩浆的喷发、涌流，想象它们又历经了亿万年的水浸风蚀，想象它们在激流中如何跌跌撞撞来到这个平静的河滩，它们有说不尽的故事，道不尽的坎坷。每一块岩石都是一部丰厚的自然史典。有几个朋友打趣地说："你那么多石头放在楼上，小心把楼给压塌了。"我只是不时地把它们翻一遍，又翻一遍，再翻一遍，和它们有说不尽的心里话。我的石头不但压不垮房舍，还能支撑灵魂，使生命有艺术化的质地。

站在田峪河中西望楼观说经台那层层叠叠的房宇飞檐，风铃在鸣响，似乎是老子的话语"不欲琭琭如玉，珞珞如石"，如雷贯耳！贵气稀缺的石头固然好，但是坚硬的石头，田峪的石头，超脱了商业价值的羁绊，告知我们，艺术本源属于自然！"江山"，一半是江河，江河里有亿万年的故事，讲故事的就是这些石头，石头承载着世事沧桑，承载着日月轮回，承载着生命对自然的崇敬、依赖和崇拜。假如你已经和自然结交成不离不弃的朋友，那么你就蹚进河流里去，总能让你有意外的收获。

总有一块儿石头是你喜欢的，
它的样子可以是很丑的，
但它也曾激起水花把一个人的心打湿。
总有一款儿石纹是你中意的，
它的线条也许是很粗糙的，
但它也曾勾画出你心中彩虹的诗。
总有一种带彩的石色是你寻觅了万千度的，
它可能不纯粹鲜丽，
但它也曾给过你一段岁月的阐释。
总得到流水中去，
让岁月漫过脚面，
做一次又一次心灵的捡拾。

第一篇　山河风景

笔架山公园的路

　　深圳有一个名气不大特色不少的公园——笔架山公园，过去几年几乎天天去那里健步。有些公园去几次就厌烦了，而这个公园就是走不烦，看不厌，不存在什么"审美疲劳"。要问为什么，走走笔架山公园的路，就会得到一个温暖的回答。

　　公园是由一个林场改建的，场地资源得天独厚。林木高大茂密，品种多样。木麻黄、湿地松、柠檬桉、大王椰子、南洋楹、凤凰木、白千层、高山榕等大都成片成林，高大茂密。几座海拔二三百米的山丘，杂生林木覆盖，锦绣成堆，恰似涌动的绿浪。山丘南坡、北坡都有汇水成湖、成池、成沼，只是南坡汇水水面较大，是公园的自然水资源，纯生态，取名为"双砚湖"，和"笔架"的名字呼应，整个公园就是一个巨大的"海绵体"，比那些概念型的"海绵城市示范"更有生态价值。

　　公园的所有道路都适宜市民运动，尤其是健步。长距离的选择环山路，短距离的选择环湖路；休闲散步可选择环林路；强度大的可选择登山路。

　　环山路环绕六座小山的边坡，长度大致有三千米。从梅岗路入口进公园，跟高耸的大王椰子林打个招呼，做逆时针绕行，穿过马占相思林,步入榕树的林荫道,上个缓坡,下个缓坡,再拐个小弯,就看见北面像屏风一样的银湖山。夹在笔架山和银湖山中间的北环大道车流浩荡,却听不到轰轰闹闹的引擎声音。继续向西走,一会儿是绿草如茵的小坝子,一会儿是小叶榕的小林子,一会儿是淙淙溪流和长满水竹、风车草、黄菖蒲的小池沼。不经意处抬头,有亭翼然立于坡头。你步履轻捷,转身景异,脚下风轻。忽然一条长满绿苔的阶梯直向上延伸到山坡的绿荫深处,原来是上山的一条近道,给年轻人贪走捷径准备的。转过第三个弯就改下坡了,坡头视野变得开阔了,视线透过福田水厂屋顶,上、下梅林的各色建筑,层层叠叠,色彩斑斓,一直把你的目光牵到塘朗山那绿色的尽头。过洞明桥、绕一泓清池,坐在展览馆的环形嵌木的长凳上。展览馆像覆放在地上的南方特有的木盆,共有两层,供市民做一些绘画或者摄影作品的展览。当今人人都是摄影家,个个都试着当画师,作品似是"业余范儿",但都很接地气。展览馆四周,一小片槟榔林子打头,一些老荔枝树随性生长,有的树旁还立着树龄的石碑,和你随意在长凳上坐卧一样,不讲究,不刻意,想咋就咋。展馆出来,夹道的是毛果杜英,高大直立,虽算不上伟岸,却也风姿飘逸,是谦虚的君子风度。一棵海南红豆树立在大路的转弯处,立石上刻一个"缘"字,想必是曾勾起过多少人的浪漫回忆。五年前的一场台风折断了一个大枝,现在受伤的相思基本愈合了,依然浓绿满树,风姿绰约。沿着红豆树的方向向东南走,夹道的三十多米高的木麻黄树,枝条婆娑,洋洋洒洒。它是抗台风的老手,任尔狂暴,我自

第一篇　山河风景

无恙。沿路前行，一片稀树草原似的草地进入你眼帘，这是一片草坪连接草坡的绿地，草地散植的小叶榄仁，轮生枝叶，层次分明，疏疏朗朗，枝叶的间隙里。几株美丽的异木棉满枝繁花，视线穿过坡地白千层树、黄槿树的梢头，以平安国际金融中心大厦为引领的城市天际线提示你这是在闹市中的山水宁静。假日里做团建的，家庭聚会的，约几个朋友闲聊的，帐篷星星点点，都在这首阳光和绿草的田园曲的旋律中，述说着多情的故事。

笋岗路入园的大路，走滨河道，伴双砚湖，走桉树路，接登山路，这条大道呈大"S"形延伸；梅岗路入口的大路，是环山路、环湖路、山腰环线三个圆的切线。落到纸上，简直就是青山绿水的大写意画，就是一条大美园林"张目"的"纲"，串联景观，步步入胜，点点在心。

福联桥，桥不长，仅仅八米左右，但站在桥上可极目远方。福田河的清流从水厂方向走来，跌下陡坡，流过短桥，轻轻一弯，向南逸行。左岸佳树成荫，群落绣成团锦；右岸步道栈桥迤逦伴水，时隐时现。沿水流走向，抬眼望去，天边是福田中心区的城市轮廓。尤其是傍晚，城市的灯光秀初现，近处幽暗的宁静和远处陆离灯光的热闹让你身处两种境界，一个是"万籁此俱寂"，一个是"千灯照碧云"。

小树林。这条路经过很多小树林，每片林子不过成百棵树，但却展现了笔架山公园的森林气质。湿地松林，一律高挺，一丈以上才有像虬龙一样的盘枝，风吹来，松涛也似潮。柠檬桉林，青白光亮的树干直插青天，像柳树一样的叶子，随风摇曳，淡淡的像柠檬一样的气味时有时无；有几株倒地的大树，工人们就随意地放在路边，供游人坐着休息；成百株的槟榔树林，一杆杆直立的树身，伸到阳光里去了，一圈圈生长的晕轮，生命的印记一节节攀升，槟榔树下儿童乐园的嬉笑声勾起你对邓丽君"少年郎采槟榔"旋律的回忆。这里的小树林似乎给了"林立"这个词一个直观的阐释，自然秀美，佳木成林本来就是笔架山公园的一个品牌。

草坡谷，公园的导游图上没它的名字，但是走过的人谁也忘不掉。它处于林荫道接近梅岗路出入口的地段。从两道山脊拖下来的缓坡在这儿交会，坡头林木葱茏，到山脚逐渐开阔，右侧棕榈簇拥中有亭翼然，是园中的茶亭；左侧是几组金叶白千层树的群落，树叶金灿灿的暖色调在浓绿里很是招眼，再加上落羽杉小林子守边，半合围半开敞，恰似正在打开的折扇，看一眼就会想起唐寅的扇面画《秋风纨扇图》。绿油油的大叶油草常年水色润泽，平缓铺陈。每每经过这里都要在坡头流连，仿佛它能把每一天你起伏的心绪熨平似的，真有"相看两不厌"的境界。前几年，工人在这儿积水处挖了水塘，水塘中置了一块太湖石，水塘边建了短短的走廊，走廊头水口处做了一个小瀑布，景观不能说不好，但总觉得它是"P"上去的，放在这个以自然山林为本色的公园里永远是"客人"似的。

在滨河路福联桥头和梅岗路入口，造园人各栽植了一棵硕大的大腹木棉树，在公园的大路口，把游人迎来送往，和游人合影留念，尤其是春节前后的盛花季，满树繁花，绿荫如盖，在树下

第一篇　山河风景

摄影是要排队的。这两棵木棉树大腹便便，像有"啤酒肚"，但并不臃肿，富态但还不失型，勾引得那些进园的大腹男人下意识地摸摸自己的肚皮，心里美滋滋的。

大"S"线勾连了四段林荫大道，还有草地保龄球场和两处健身场。这条路是公园的大动脉、大动线。道路宽敞平坦，坡缓无障碍，健步走起。山水格局大，路径线条优美，沿途色块丰富鲜明，各种景观情趣集大成。

说起笔架山公园的路，登山路是绕不开的。

登山路有四条，一条车行路通主峰和次峰的鞍部；人行路有三条，一条到次峰，两条到主峰，四条路都在山的鞍部会合。其中梅岗路入口的登山便道最为陡峭。这条路穿密林，傍陡崖，跨山溪，走云梯，到鞍部。这里两山和小平地呈"U"形，是笔架的搁笔之处，稍事休整，即刻登峰。

文笔峰是笔架山的主峰之一，海拔178米，比起深圳的十大超高层建筑那是小巫见大巫；但是登到峰头，极目环望，"一览众山小"的感觉是在摩天大楼上无法体验的。山顶设三个平台和一个木栈道连接的观景台，供登山的人休憩和瞭望。站在最高处看，这座只有四十年建城史的现代化城市的风貌呈大扇面打开：银湖山脊是折扇的两个扇骨，打开180度，笔架山峰顶恰到好处地成为扇轴。地王大厦、京基大楼、深业上城、平安国际金融中心、春笋大楼，深圳排行前五的超高层成为扇面画的五个浓墨重彩的节点。画面中景是罗湖、福田的各色建筑。这些建筑鳞次栉比，高低错落，掩映互衬。最耐看的扇面画中各类建筑都一律长在浓浓绿色的簇拥中,千姿百态,各显风采,展示着也曾引领城市的辉煌。画面远淡之处,那是深圳河,深圳湾,蛇口港,香港上水,元朗。这幅扇面画简直就像是能映射出深圳改革开放历程的世界级巨型文物作品。孔子"登泰山而小鲁",而你"登笔架山而大中国"!

　　沿车行道下山是个不错的选择,可以放开了步子,放开了胆子,放开了笑声,放开了劳顿,大步流星,一路欢歌。笔架山公园的路确实是风情万种,走不胜走。

第一篇　山河风景

沙子落在什么地方，风说了算

　　窗外，天空乌云一团追逐一团，一片搅乱一片，乌黑、深灰、浅青，迅疾翻滚直到乌黑统治了天空。天不再是穹庐，而是一片凹凸不平的黑幕。风把椰子树硕大的羽叶变成了一只只迎风挣扎的大鸟，那些木麻黄枝叶像一袭又一袭的蓑衣在空中摇曳。玻璃窗沙沙作响，风试图把沙子塞进屋内。有几个大窗户的合金窗框被风压迫出一条小缝，雨就瞬间挤进来，在窗下留下道道泪痕。台风要来了！

　　这次台风来得真是时候，我们正在为海口西海岸带状公园群的规划定位激烈地讨论着。一方认为西海岸是海口的标志性景观，要凸显海的风景品质特征，这段海岸线要"透海见蓝"，在滨海大道上行进一直要在蔚蓝的海之韵里；另一方认为海口这段滨海大道距离大海很近，大道是在原海滩空间修建的，挤压了海滩的面积，现在的沙滩是补偿性重建的，大风抑或是台风中落沙空间过于狭窄，因而应以抗台风植物的密植，来保护海岸和滨海大道及滨海大道另一侧的民居和建筑。争论的烈度不亚于窗外即将登陆的台风。项目开始时的某一天，海口市一位领导郑重地告诉我："台风对西海岸的危害很大，要设法防灾减灾，保护海岸，保护人民的生命财产安全。"遵循领导的指示，项目组对西海岸做了较深入的调查，从海岸的水文历史、三十年来的海岸变化、三十年来台风的破坏程度、海岸开发的强度等方面全方位地理解项目。

晚上，我正伏案编制方案，爱人告诉我，她今天在西海岸和那些在海边捞垃圾、在滨海公园做公卫的工人询问台风情况了。她了解到台风过后海滩的沙子被刮走了，大量建筑垃圾露出水面；台风"威马逊"带来的降水把滨海公园的厕所都淹没了。她看见海滨远处的洒水车很特殊，一边洒水一边吸水，洒水是冲刷路面，吸水是收集冲出来的沙子，车走不了多久就吸出来大半斗沙子。西海岸，早年海滩很宽，到处是密密匝匝的木麻黄树，现在就剩下零零散散的几株了，后来栽的椰子树挡不住沙子。普通工人最知道海岸保护的"原始"道理，他们是站在规划基点上的、真正的知情者，这比文件中的数据来得更鲜活。

此刻，台风就在窗外。"在台风中去看看大浪滔天和飞沙走石"，平静的房间里我和爱人同时想到了惊人的计划。穿好衣服，把上衣扎到裤子里；挽起裤管，系好运动鞋的带子；伞这会儿是没用的，把酒店的浴帽绑在头上。酒店的后面就是海滩的防浪堤，于是我们就出发了。

风已经很大了，直着腰走是做不到的，低低地猫着腰，背着风，倒着走，先到了最近的防浪堤。海峡的大浪平时只在距离防浪堤十几米的地方翻花，这会儿已经开始在堤下扑通扑通地拍打，做着越过防浪堤的尝试。海边平时开着鲜花的园圃，伴着草坪的人行步道，现在都已经铺满了海沙。黄金海岸的长阶梯上沙

第一篇　山河风景

子漫落，有很多地方已经看不清台阶了。海边草地上的小路不见了，草地已经成了沙地。难怪工人告诉我们每次台风过后他们的艰苦工作是清理沙，管理处还要从别处运来成千吨沙子修复沙滩。

风更大了，猫着腰也走不稳了。我们离开海滩，往滨海大道上走。大道上的沥青路面已经成沙画的展板了，排水沟成了两道沙线，成了画板的边框，风还不断地把沙子丢在地面上，自己扬长而去，另一股风再把它扬起的沙子丢下来，再"乘风而去"了。还想去看看那个被"威马逊"糟践过的厕所，但是雨已经使人睁不开眼睛了，只好狼狈不堪地从酒店后门回房间，不敢经过大堂，怕人家以为是"水怪"。回到房间，相互对视，哑然失笑，但是有些后怕，人家是"初生牛犊不怕虎"，咱是"老当益壮不要命"。

坐下，摊开规划文件重新思谋项目的定性，这时《新闻联播》上报道说，就在我们在风雨里"奔跑"的时候，台风在一百千米外登陆了。望望窗外，琼州海峡一片漆黑，风声浪声雨声，"声声入耳"，但我心中的浪涛似乎比这台风中的海浪还要激烈。

"问渠哪得清如许，为有源头活水来"，寻源索本，在"本初"处开启规划的动力。这里的海滩已经不是亿万年来的"原始"和"蒙昧"，自然已经被人干预到"不可忍耐"的地步，人挤占了海浪的"栖息地""游乐场""缓冲带"，企图以防浪堤挡住大海的愤怒，除非防浪堤是和怒海较量的胜者，而这种较量是永远不会

53

有输赢的,只能遵守自然之道,和大自然和谐相处。

"圣人法天贵真,不拘于俗",规划的"真"是什么,在哪里找,以什么来验证?生之于太平洋的热带气旋,以地球自转的力量,携带着巨风和暴雨,以摧枯拉朽之力,荡击几千千米,人类哪有理由不敬畏它、不尊重它!这就是台风破坏力的"真",人为的那些"绿草如茵""鲜花满岸""透海见蓝"在它面前永远是"拘于俗"的"雕虫小技",不堪一击。宽阔的沙滩边际线上,生长着茂密的木麻黄树、棕榈树、草海桐、露兜树等,那也是千百年来人和自然和谐相处的"真"。在海边生活的人为了安全和幸福,住所一般都低矮,并和大海保持着一定的距离,这是体会过大海的"真",才确立了人生存的"真"。向自然学习,向海洋学习,向依海生活的百姓学习,这应该就是本次规划设计的"真",由此出发,才会领悟景观规划设计定位的"真"!

不知什么时候,雨停了,风声也小了,思维似乎变得清晰起来了。推开夜间的窗户,让灯光照亮一片夜色。远处的海上,有一艘船,船上有一盏灯,灯光在夜的海里明灭闪烁,有风送来一句话,清晰地说:沙子落在什么地方,风说了算!

第一篇　山河风景

大众镜头里的诗意

智能手机摄影深刻改变了人们的生活方式，尤其是自然景观、建筑景观的拍摄和风景名胜记游已经是一种文化生活的潮流。人们在自然山水、名胜古迹、城市和农村风光以及城市公园里用各种智能手机摄取画面，留住美好的瞬间，展示个人的技巧，交流摄影的技术，寻找美感的认同。由此就给城市公共空间、街区建筑形体、环境景观的设计者和建设者提出了一个不容回避的问题：如何给人们提供美的文化，美的造型，美的环境，美的形象，美的色彩组合。多少次我们和项目甲方洽谈项目要求时，甲方都提出了"要给人们提供能照相的地方"的要求，甲方最明白一件事就是客户的需求，他们已经把客户的文化需求融进对项目设计建设质量的要求之中，这是时代的发展，是人们生活方式转变的必然，"饭饱生余事"，过去是充满了贬义的，当今社会"饭已饱"，生的精神文化的"余事"却远远不足。手机摄影大致就是"余事"之一，那么满足这些需求就成为我们这些设计者的使命了。

有一个地产项目，毗邻唐代西市遗址，项目方提出了中式唐风的景观愿景。唐朝疆域辽阔，经济、社会、文化、艺术，海纳百川，兼蓄包容，开放多元。尤其是诗书画乐名家辈出，群星灿烂。唐代诗文画乐中有"取之不尽，用之不竭"的创意源。取其华，撷其彩，幻其神，蕴其韵，"活儿"就从这里开始干。

几个设计师边喝酒边聊这个项目，猜拳赢者背唐诗，酒至半酣，有饮者高吟，"君不见，黄河之水天上来，奔流到海不复回""将进酒，杯莫停""莫使金樽空对月"，酒酣轮次始乱，但却一语激发有心人。就以李白的《将进酒》诗中的意象做大门的迎宾景观。九曲黄河、壶口流瀑、十里龙槽在这儿借酒为曲水流觞，借诗为石壶瀑布，阶梯水面。元稹"飞上九天歌一声"中的"宫商角徵羽"五声皆具，水面汀步五块汉白玉阴刻五声字符。"舞势随风散复收，歌声似磬韵还幽"，唐李太玄《玉女舞霓裳》写尽铿锵有力又悠扬悦耳的乐舞，借此诗意设一米高岸，岸石立面阳刻唐代乐舞图，画面倒影逐波，舞影婆娑，再配以水下灯光秀和背景音乐，给门口的"动区"做足氛围。曲流荫秀，飞瀑挂山，激响成乐，五彩流光，画面感超强，留一张影，"OK"！

六号楼、八号楼在围墙的边界，楼距三十多米，既幽静又宽敞，看完现场就有了想法，要对得起难得的小空间。灯下，重读杜甫的"窗含西岭千秋雪，门泊东吴万里船"的意境，眼前"黄鹂鸣翠柳"，抬眼"白鹭上青天"，尤其是清清楚楚的"两只""一行"，窗前门外寒冬已尽，春色满天，喜悦之情溢于字里行间。生活中必有许多烦扰和困惑，只要有春天的活力，也就可"鸣"，可"上"，可"含"，可"泊"。"窗含"即是最恰好的"框景"表现。于是，创意用钢结构做写意窗框，以唐代

第一篇 山河风景

书架格做边框装饰。两个错位叠加的框的后面,梳土为岭,起伏逶迤。岭上密植银叶菊,以喻春之"千秋雪"。周围草青青,树荫荫;框下遍种开花地被。空间里大部分为常绿植物,让冬天依然"春意盎然"。框前设小青砖嵌草平场,置木质坐凳供人休憩。景观做完了,凳子上坐的人多了,拿起手机自拍,自己也就融在杜甫的诗情画意里了。

"水是灵动之源",自古以来人类大都是临水而栖。现代城市景观都讲求"依海、依湖、依江、依河"而建,居住小区大都要建水景,喷泉、涌泉、跌水、水塘、池沼等。在我们这个要求有唐代风韵的小区,仍然还得在唐代文学的百花园里去采撷。柳宗元,以一个文学家、哲学家、政治家的笔写下了著名的《永州八记》。其文卓伟精致,其义隽永绵长,其境意味深邃,是景观创意源最佳选择。柳宗元在《小石潭记》中这样描绘水,"水尤清冽";描绘石,"卷石底以出,为坻,为屿,为嵁,为岩";描绘植物,"青树翠蔓,蒙络摇缀,参差披拂";造型丰富,情致怡然,对自然的热爱之情沉浸于字里行间。他写鱼是"皆若空游无所依……怡然不动,俶尔远逝,往来翕忽,似与游者相乐";写环境,路是"斗折蛇行,明灭可见",岸是"犬牙差互,不可知其源";树是"竹树环合"。高的低的、软的硬的、远的近的、浓的淡的、动的静的,构成了一个清静、孤凄之意境。点化这首诗,"采他山之石以攻玉"的功夫就是创意。传承柳宗元对自然的美好情感,领悟柳宗元对山水之美的感悟,重塑水、石、虫、鱼、竹、树的场景,移情于现代生活的安详与幸福。设计以整打石材，卷石为底，下盲管给排水；布景观平石为岸，高低参差；岸头竹树围合，小草地打底；池中水藻绿丝，锦鲤漫游，池上架折行曲桥，其为"斗折蛇行"之意。精美精巧、志趣自然的意象以传达宁静祥和之意境。开盘后，常有青年的、中年的"美女"们一手斜扶花伞，一手指尖撩水，斜坐池边石上，笑纹在嘴角跳跃，拍了一张又一张生活情趣照在网上晒。

　　唐代的"送别诗"是一个成就斐然的文学大类，诗人多如繁星，作品千古流传。诸多送别诗的名句妇孺皆知，这些诗传达的生活情趣和美学境界已被大众熟知，那么，这个小区也得有这种诗情的"留恋"之处。选取王维的《送元二使安西》的物象和意境应当是再合适不过的。小区主出入口一侧三条路的交会处，主人迎送客人大抵都经过这里，于是就选此处置景。四角的方亭，唐代花格的挂落，四角垂花柱，优雅的美人靠，一方石桌，几个石凳：虽不是"客舍青青"，可也是李白"谢公亭"的做派。最紧要的是"垂柳"的种植，"摇曳惹风吹，临堤软胜丝"，垂柳品种要正；"一枝方欲折，归去及兹晨"，送别折柳得够得着；"色浅微含露，丝轻未惹尘"，柳枝条要飘逸而不落地。折走三个平面，十二个台阶，构成三次回头的最佳角度，好使"劝君更尽一杯酒"的依依惜别之情回味无穷。我再次回访项目的时候正有几个小伙子在这儿喝啤酒，旁边放着几个双肩包。几个人轮换着在亭外留影，气氛很嗨。我想这些年轻人心中有情，才能使镜头里有诗。

　　一个不大的小区，融进了诸多源于唐代的诗文，创造了十几处景观节点。设计师努力使环境景观能够成为大众情感或者意识的载体，使人们在镜头里寄托对社会的、文化的、思想的信念或者情感的认知，在外部世界中找到自我，发现美，激发诗情，激发对生命力的渴望。创造大众在生活中喜爱的、倾心的、自觉地用镜头选择的环境景观，以诗人之心点亮大众的心灯，是环境景观设计师的使命，是检验设计品质的试金石。

涛声自心响
——"万松源"小记

出发的时候,雨下得很细,也很耐心,让人感觉到"随风潜入夜,润物细无声"的情景来。一路上,车轮碾压在有小水迹的路面上,发出清越的声音,竟和着心跳的节奏。车行半小时,细雨静悄悄地停了。过了从山间流出的一条大河,眼前是朦朦胧胧的山的脊梁,那是终南山,晴日时高峻、敦实,一副大男人的气势,而这时浮云轻渡,"犹抱琵琶半遮面",妩媚含蓄,辛稼轩在一首《贺新郎·甚矣吾衰矣》词中写道:"我见青山多妩媚,料青山见我应如是。"此刻我们望着妩媚的终南山,山也俯瞰着我们,都沉浸在愉悦里。我们要去的地方就在大河之滨,从高峻的山峰拖下来的平缓山坡上,它叫"万松源"。我们聊着山,聊着水,聊着松,就到了"万松源"。进了万松源,很招眼的两棵造型黑松,挺拔俊逸,一株华盖如云,一株飘枝潇洒。松树下随意地放置了几块大石头,刻字"万松源",三个平平常常、很朴实的隶书大字,叫响了"万松源"的名号。主人对这个题名很着意,不请名人书写,也不在字库里搜索,请了一位故乡过年时给村民写对联的"农民写字匠"题的字。主人说这样就"接地气",

第一篇　山河风景

真有深意，平易近人。我们在挂满紫藤的藤架下泊好车，下车来就沐浴在紫藤的瀑布里，虽然紫藤花的盛开期已过，但还是让我们感到紫色的雅致。环顾四周：整齐的、碧绿的菜畦，丰华明丽的白玉兰、紫玉兰、金银花，造型成大伞的塔柏和十几竿高洁脱俗的青竹，都散发着雨后清新的气息。青竹的绿韵里几块随意摆放的石头，平平稳稳、简约、温和。另一架木香藤已经开花，黄的、白的，是一簇一簇地挤着开放的，浓浓的清香，给这几十米长的藤架走廊徒增些许浪漫，主人是真正的植物培植大师，把个朴素的小院，竟装扮得如此的不紧不慢、不温不火，悠然自得。

"青苔不专为客扫，信步走入内中来。"过了这个春藤的廊道便是万松源主人的林中小屋了。

　　三开间的关中普通的瓦房，前缘加盖了中式的小小门厅，门柱和两扇开的屋门都是颜色沉稳、没有油漆的木的原色。进了屋子，一间餐厅，一间火炕，一间过庭兼客厅。坐在客厅的桌子边，面对的是一座钢制的壁炉。现在谷雨虽然过了，但炉子还生着火。屋顶烟囱袅袅炊烟，屋内炉火正旺，烧的是松树的枝条，带油气，旺火。炉台钢板是烫的，主人在炉台的钢制的盘子里摆上自家地里出产的红薯，不一会儿就闻到红薯的焦香味儿了。这会儿客主喝着紫阳的明前茶，品尝着烤熟的红薯。手烫了，嘴也烫了，鲜甜干面的栗子薯进口，说出来的话都带着甜味儿、香味儿、烟火气儿。

　　最让人不能忘怀的是在室外小坐的闲暇。小屋的西侧开辟了几十平方米的空地，这块空地青砖铺地，左手是淙淙的小溪，右手是菜畦的竹篱笆；隔溪是绿得流油的香樟林，隔篱笆是种着甘蓝、油菜、芹菜的菜畦；再远处就是松林，向南面高远处望去就是巍峨的秦岭了。这是主人待客的"绿色客厅"。在这儿品茶、吃简餐、聊天、说松树，对坐终南山简直就是一种稀有的"奢侈"。李白和自然对话"相看两不厌，只有敬亭山"及"孤云独去闲"的充实、宁静、闲适就是这个感觉吧！

去年冬季我也来过一次。那天漫天飞雪，寒风呼啸，大家盘腿坐在西屋的热炕上，拉开炕头的布帘子，一幅白雪沐香樟的油画扑面而来。画面里，小河的薄冰下汨汨的流水，小河上一架板桥上雪里早行人的脚印，岸边过冬的野草还在冰面旁斑驳着、参差着。河的北岸是香樟林构成的浓绿的大色块。这片林子至少也有成千棵树吧。香樟树高大、直立的树干，竖向构成画面的主题。透过竖向的线条，能够看见茂盛的黑松林子。这林子的香樟树，大都是丛生的，有大量香樟树是三头、四头的，甚至有八头的。它们大部分主干都有老碗口那么粗，伟岸、挺拔，一副伟丈夫的身板。这些男子汉聚集在几十亩地的场地上，把一种强大的力量、内蕴的热度，安静地聚合在几千平方米的阵地上。西安南郊，在远离城市热岛的山下，把这些生长在长江流域的树木，驯化成适生北方气候的乡土树种就是一个奇迹。这时这些高大的汉子，叶子上或许还有斑斑驳驳的白雪，沉着地、温暖地对你说，它们有的是与寒冷对抗的基因，这幅冬日林图是会说话的，说了就让人不能忘记。主客热炕上只管聊天、喝茶，话来年的"桑麻"，林中小屋如坐春风。在温暖的心境里，也就很自然地谈到

第一篇　山河风景

今天的主题，黑松和文化。黑松，在日本是一种文化。日本枯山水园林离不开黑松，日本的茶道中，黑松扮演着重要的角色，日本新年的装饰常常用黑松的枝条，称为"门松"。日本诗人长屋王《绣袈裟衣缘》中有句子曰："山川异域，风月同天。"既然日月同是一个天，那么我们"万松源"的黑松也是凝重的文化。

"去看望黑松吧"，主人招呼我们，给每人一根竹棍，说是用处很大。

"万松源"其实不止万棵黑松，栽植时有两万多苗。经过十几年自然淘汰和人工选择，留下来能够培养成精品的也在一万三千多株，主人告诉我们，这些苗木都来源于山东，在这儿山坡沙质土壤里长势良好，造型黑松起步标准是"胖壮旺"，先繁后简，这才是黑松造型的精髓所在。我们顺着松林灌溉小溪走，沿着林边田埂走，踏着长满野草的砂石路走，钻进松林里在黑松的枝叶中穿行。黑松，有的高大挺直，顶天立地，让它伫立在写字楼前，经过的人会挺起腰杆，自信满满；有的长枝如风，飘逸优雅，让它站立在一个公园的路口，游客心中就溢满了生活的灵动；有的层次分明，疏朗有致，让它在庭院里陪你度过一个一个春秋，你会找到生命的节律；有的冠盖如云，威严肃立，把它请到大门口，它会暗示你什么是生命的秩序感；有的像虬龙盘曲，旁逸斜出，让它也生活在你的生活里，生活的丰富多彩就会呼之而出。万松源里的黑松造型：丰满的，充实饱满；孤高的，高风亮节；飘逸的，超脱灵动；满冠的，壮美；嶙峋的，雅致；偏冠的，超脱冷峻；树干苍老，凌空清瘦的却是充满了禅意。万松源的松真是千姿百态，争奇斗妍，打开了人想象的天空，让思想如行云流水。主人动情地告诉我们，他几乎每天都要在林中走几个来回。有事没来会想念黑松，来了要走又挂念黑松。你给松树理枝，松树跟你说话。主人给这根竹棍太有用场了，当拐杖，助力，防滑；当探杆，探深草，防跌；当开路杖，拨开树中的蛛网；还能打花粉，理松针；但是更多的是指点黑松，心领神会于造型黑松高尚的气韵，个性的气质，坚强的气场！

一片黑松林子里，三四组园艺师在高架或高梯上有的给松树疏枝删闲，作云盖绿伞；有的理枝分层，疏朗枝条；有的捆扎盘枝，散逸飘枝。时而下架远瞻，找寻思路；时而几个人和主人探讨造型思路；时而为一棵树的成型而沾沾自喜；时而又为打理的方法而搔头抓耳。看着这一棵一棵、一行一行、一片一片经过造型的黑松，你不能不展开美的想象，放飞生命的遐思，碰撞你张扬的个性，唤醒你对自然艺术的敬畏。主人用竹棍指点着，高梯上的工人拿着长剪高声地应答着，在蓝天的背景中，这是一个绝美的画面。"窗含终南群山苍，堂前茶清烤薯香。流水松风和天时，谁个松梢剪时光。"诗不在远方，就在万松源的松涛里，剪的不仅仅是时光；美，也不仅仅是苍苍自然；塑，不仅仅是万千个性，成就的也不仅仅是唯美境界；它是生存运程的经典表达，它将成为城市绿色空间的贵客，它顽强生命力的伟大隐喻，这难道不是文化吗？是文化，是人类共同的文化。

天晴了。终南山的雄姿在夕阳里愈显苍青，黑松林的松涛声摇曳在一个绿色情怀的梦境里。离开万松源的时候回望路边的一

第一篇　山河风景

排黑松忽然想起了白居易的诗:"白金换得青松树,君既先栽我不栽。幸有西风易凭仗,夜深偷送好声来。"坐在主人的副驾驶位置,看着他凝神静气地驾驶,我们和他一样,追寻的是白乐天的生活尺度!寻找的是内心的松涛!雨如白金,自然为君,有幸作为,心有涛声,"乐天"的自由就是生活的"平易"。

离开万松源的时候,已经是夕阳在山。我回头再看看门口亭亭直立、冠盖如云的门松,这不是人生的一次邂逅,而是心灵的永恒归处!

一桶水和一瓢水

在九江修河流域做项目是个体验九江地理人文的绝佳机会。项目地是沿着修河走向的省道 S306 线，当地交通部门称作"红修线"。S306 起于永修县，过武宁县，到修水县，公路就在幕阜和九岭两山的谷中，沿修水河修建，全程 130 千米。项目目标是部级示范路，要求道路愿景是"畅、安、舒、美"，要给"旅游公路向公路旅游的转型"提升开一个路子，提出"绿色永修、生态西海、山水武宁、红色修水"的项目理念，说时尚一点是使传统公路"华丽转身"。

江西历代人才辈出，灿若繁星，千古骚人、文人墨客多会于此。我也曾编写小诗以记江西的文化名人：

赣、信、抚、鄱、修，江南西道，碧水彭泽，千年江山秀。九岭幕阜峻，逶迤嶙峋，百流汇一，平湖高峡走。

朱耷良月，解缙春雨，海若显祖，醉翁之意不在酒，吉水欧阳修。

朱熹紫阳，半山安石，山谷道人，才露小荷早蜻蜓，万里扬廷秀。

第一篇 山河风景

物华天宝，不尽洪都之胜，人杰地灵，难书江右之才，纵横恣肆，背负青天，华夏神龙高天游。

S306沿线有云居山和千年古刹真如寺、九岭国家森林公园、庐山西海（柘林水库）等赣东北著名景区；还有柳山、陶渊明、苏东坡、周敦颐、黄庭坚、韩琦等古代先贤留下的千古墨迹。这一线自然人文资源丰富，尤其是红色旅游景点突出。S306要华丽转身，成为旅游的一个品牌，得在文化的构成上下功夫。我是教师出身，有句行话是，"要给学生一碗水，老师就得有一桶水"，现在用在这个交旅融合项目的创意上，就是把自然生态人文的精神抑或符号元素深度融合在公路上，创意人对地域文化的"这桶水"感受的深度决定了表现出来的"那碗水"的多与少。

云居真如的寻觅

S306零千米在永修县红桥村，是从九江到永修上云居山必走的近道，于是三上云居山，求那"一桶水"的源头。

汽车在古杉树、百年樟树、银杏树和栎树林中盘公路而上，一会儿荫翳蔽日，一会儿阳光明媚；一会儿山溪淙淙，一会儿却只能听见鸟鸣。雾气越来越浓了，山顶明月湖只能看见水雾相揉的水汽，山门也只能在浓雾飘散的间隙里看见石牌坊上"真如寺"的字样。此山取名"云居"，恰如其分。下车后，西海管委会的同志告诉我因为雾大，我们错过了乌龙潭，说是乌龙潭云雾变幻莫测，五条瀑布飞流千尺，跌宕激泻，下面的花岗岩被冲击成五个深潭，云居山的雾就是潭里生出的。据说白乐天、苏东坡都在此云游过，这使我们一行人很是遗憾。寺门口几株合抱粗的银杏树在雾里影影绰绰，大庙散水的台阶上有铁锈黄的印迹，那是屋面铁瓦滴下的。院子是几进、几跨、几院、几套，完全不可分辨，只是院子一侧的溪边一片大坪石倒也分明，旁边刻着"谈心石"几个字，据说是宋代文豪苏东坡和真如寺方丈了元禅师促膝谈心的地方，管委会的同志说石头上有两位高人的脚印，我们正欲寻找时，一阵雾来，竟对面不见人影，确实成了"往事如烟"！记得前两次上山境遇竟然一模一样，雾里看山，"不觉碧山暮，秋云暗几重"；但是云居山参天的大树，茂密的森林，清澈的水流，吸一口满心清气的雾气，"云居"二字就深深地印在心里了。

第三次上云居山，云轻雾淡，一路顺风，见到了云居寺方丈纯闻大师。大师在云居寺从堂主知客、后堂督监、住持一直升座到方丈。温和持重，话头严谨。他留我们吃了斋饭，并送我们每人一本由他编辑的《虚云诗集》，带我们去拜谒了虚云故居。我的故乡在长安大峪，曾几次进山到十里庙左转沟狮子茅棚。这是虚云和尚随慈禧避难长安时结庐修行的地方，简单的房舍，简陋的矮塔，清净的茅屋里佛学大师虚云之佛心曾让人心驰神往。今天有纯闻大师引领拜谒大师之居，确是幸运。沿阶缓上，走过一垄一垄的菜地，辣椒红了，南瓜的花开了，西红柿枝上挂着并不多的青色的柿子，有一垄白菜已经挖去了一半。菜田里没有人，这会儿是和尚们做功课的时候。云居寺历来是有庙产的，粮食和蔬菜基本自足。据虚云老和尚写的《重建云居山真如寺事略》记载，虚云1953年应请复兴真如寺，率僧众修持、筹划修复寺院、开荒造田，自给自足，种植果树茶树，培植花园。现在的真如寺传统依旧，虚云和尚千古有功。在虚云故居的门口，我们集体向故居鞠躬，致以敬意。门边对联"坐阅五帝四朝不觉沧桑几度，受尽九磨十难了知世事无常"，让人唏嘘。老和尚使人感泣的不是120岁的长寿人生，而是一生克服艰难、孜孜以求的精神。参观了陈列虚云生平图片的展馆和静谧的起居室，告别纯闻大师下山，回头再看，天蓝得像凝固了的碧玉，几片薄薄的白云像是镶嵌在碧蓝的天空上；青山环抱，茂林修竹拱卫，云居寺融在这美妙的氛围之中，真是对"天人合一"要义的场景性阐释，我脱口而出："天上云居"！

　　回到红桥村S306的入口，左边是刚刚回来时走的路，那就在路边立一块大石头，刻"天上云居"四个字，"天、云"者自然，"居"者人，人和自然的融合，此乃"天人合一"。右边的路就是S306，向前十几千米就有一个天上人间"庐山西海"，不妨用青色石材做墙，取义"天海人"合一，本色高浮雕给庐山西海做了"望子"，这两处都以高树浓绿造背景，石前和墙前全种鲜花。让零千米节点，明明白白告诉司乘人员我们的大路条条通胜景，步步在旅游。

样式栈道的感悟

　　车过了易家河，就上山。S306在这儿大弯盘行，上行大约两千米,庐山西海管委会的同志让我们停下车,引我们到路边的一个谷口。站在路边,庐山西海就一下子扑到你的眼前。水面开阔,波光粼粼,由淡绿的微波,夹着天光耀眼的白,穿过那些星星点点、大大小小、层层相叠的小岛,延伸到深蓝,横无际涯。这些小岛,几十年前还是绿秀成簇的低山矮岭,现在成了成千上百个渔歌唱晚的小舟,在水中静静地锚着。再远处就是逶迤的幕阜山淡蓝的轮廓,难怪柘林水库被称作"庐山西海",被誉为江西的"千岛湖"。管委会的同志说我们站的地方就是国家总理调研柘林水库看海的地方,总理动情地描画是"水墨西海"。他希望我们在这儿建一个平台,供游客从高处俯瞰西海。这个谷口没有三尺平地,只有修路时的弃方向下堆成的斜坡,路是劈开九岭的长坡穿行过山的,两侧全是高边坡,更没有停车的地方,工程负责人也面有难色,征询我的意见,而我却向主任提了一个和建观景台无关的请求,到海里去看看那些锚在海里的绿岛,心里打主意是到"沧海"去寻觅能落在这里的那"一粟"。

  三天后,到海里去游岛的愿望落地了。主任陪我从水利部门的码头乘船,驶向海的深处。快船划开水面,先绕驶"沧海一树","沧海一树"是仅仅露出水面三五个平方米的平地,上面仅仅有一棵乌桕树,若是秋天,乌桕满树红叶,"万绿清波一点红",成了庐山西海的航标。我们的快船驶过一个小岛,和一条从司马码头出发的旅游轮渡船并行,轮渡上花花绿绿的游客大都倚着栏杆,歌声从船上飘来,和着两只船掀起浪花的韵律。西海的同志如数家珍地讲述起西海的旅游开发,其中上岛旅游观光

第一篇　山河风景

休闲是西海的主打项目，难怪五条轮渡不停地运转，码头上游客依然要排队。上船的时候她就告诉我们，西海里有桃花水母，这可是"水中的大熊猫"，淡水生物的"活化石"，只能生活在洁净的水质里，这就等于说西海的生态环境是绝对一流的。可惜船快浪急，没能看到这个水生奇珍的身影。我们在一个岛的码头上下了船，走过一道用木船搭成的浮桥来到一个大岛上。由水面上的"金腰带"（潮间带没有植物只有裸露的淡黄的山体）处拾级而上，穿过朴树香樟的林荫，来到山顶的一条街上。街道沿着山脊曲折迂回，串串似地连接了商店铺面、餐馆、小食店、露天演艺场、休息长廊。从密林的间隙里透出幢幢人影和笑语喧闹。头顶是天，脚下是山，眼前是水，比郭沫若笔下《天上的街市》还有诗意。日近中午，主任把我们带到一个中式古典建筑的院子里用午饭。等我们坐定点完菜，主任神秘地说，这是"样式雷"后人开的饭馆，一句话使我差点叫出声来。"样式雷"家族是建筑设计的鼻祖，他们受益于江右文化的浸润，修河山水的陶冶，主持清代皇家建筑200余年。圆明园、颐和园及众多皇陵都是在雷姓八代人的手中妙笔生花，演化出不朽的艺术精品，尤其是圆明园模型执掌人雷金玉的建筑文化思想和美学传统是中国建筑史上最光辉的一页。"样式雷"祖籍永修，我们这些设计人在这儿做设计项目拜祖是尊重历史的第一课，太感谢主任的精心安排了，让我们没有欠下文化的账。吃完饭下楼，走过一条架空的栈道，手扶着像颐和园长廊一般精美的栏杆，浮想联翩，一个大胆的想法"蠢蠢欲动"。如果紧切岩壁建空中廊道，把S306在这儿的一座山头两个谷口连接，一头作停车场，停车俯瞰柘林水库土质大坝，着眼柘林水库对鄱阳湖库容的调蓄功能，永志20世纪70、80年代的水利业绩；设立百米空中栈道，穿越历史，看时代飞跃；另一头建挑空平台，俯瞰西海，畅想水墨西海的艺术境界，激发到西海一游的冲动。一栈飞架东西，这头是水利的辉煌，那头是旅游的繁荣，柘林水库的资源在这条栈道上重组，时代在这条栈道上跨越！

停车场、凌空栈道、观景平台建好了，成了"网红"。走在栈道上，手抚摸着八个倒角廊柱的柱头，踏上挑空的观景台，看那嵌在木平台中央的写着"观海"字样椭圆形的石头，这就是那凝固了的"一滴水"。

善述芬芳的体味

S306穿过的一个村子，要设一个长途公交车站。候车亭、候车牌、站房这些设施原有的设计不能表达部级示范路交旅融合的创意构建，这又给了我们一个创新的机会。为此，设计团队参观了修水县的黄庭坚纪念馆，走访了国学大师陈寅恪的故乡——桃里陈氏故居与五杰广场，考察了回坑村古建筑群，查阅了红军在修水活动的资料和大量图片，行程几百千米，查阅了几十万字的资料，寻找创意源头的那"一桶水"。"众里寻他千百度"，只待"蓦然回首"的那一刻。还是当地交通局的同志"老马识途"，带我们寻访了新湾乡古廊桥。

我们来到了修水县新湾乡回坑村。汽车刚转到村口的路，这

第一篇 山河风景

里说的村口当地称作"水口",廊桥两端是徽派防火墙的建筑形式,墙身上宽下窄,三层火头墙,檐头水戗飞翘,像三层展翼的大鸟,刚刚落在水口的绿色明亮的田野里。这座廊桥始建于清光绪二十九年(1903年),距今已有百年。桥身依然大形如初,两端的墙体依然敦实牢靠,中间九节抬梁式结构榫卯紧扣,横梁上的刻字了了分明,只是廊屋屋面已经不够平整顺滑,撩檐有些腐朽,但还完整。我们一行人踏上桥板,竟没有木板踩压的"吱吱"响声。仔细读镌刻的文字:"光绪二十九年癸卯二月立,一桥千古镇山溪,力挽狂澜德与齐,驷马高车无病涉,有谁能做相如题,四溪善士舜挺父子立。"一桥建立"镇"洪水恶浪,多大的气魄!治灾防患,扼住狂澜,是治国齐家的大事,多有高度的德行!鼓励乡里学子,勤奋研读,成就功名,衣锦还乡,"驷马高车"像司马相如一样,题桥柱立誓,"不乘赤车驷马,不过汝下也",捐款人建的不仅仅是桥,更是故乡的文化愿景。这气度,这胸怀,令人扼腕!再回到桥的前端,桥的题名"善述桥"更让人深思。古代多少仁人志士,千古英才,莫不"先天下之忧而忧,后天下之乐而乐",与人为善,与民为善;永修之红色,是革命的星星之火,是为天下劳苦大众而浴血奋斗,人民至上,一切为民,更是举世最大善。"踏破铁鞋"在新湾,得来还得费工夫。我们的团队立刻开始了古廊桥的全面勘查和测绘,我们要把这座与民为善的桥一比一地复制到 S306 通往陈氏五杰故居的路口。

一座崭新的"善述桥"立在了路边,周边种植高树绿草鲜花。等车的、聊天的、玩耍的人络绎不绝,甚至是村里的会议也在廊桥下召开。我最后一次经过这里的时候,站在善述桥的牌匾下很庄重地留了影,深深感谢当地的历史人文,民俗民情给了我们创作的源泉。

武宁修水界的"红旗漫卷",黄庭坚故居路口的"舒美亭","第一个合作社"所在镇的"太阳升",扬州桥口的"山水之邀",北纬29度的"水车春秋",司马码头的"七星帆影",凡十七个节点在公路各项整治工程的进程中,艰苦地完成。团队从九江到南昌,从南昌到赣州,从赣州到井冈山;南到《牡丹亭》创作地大余,北到江湾婺源;走过抚州王安石纪念园,上过洪都滕王阁。行程千里,历时三年,都在寻求创作的那"一桶水",和那能落在景观里的"一碗水"。落在景观场景里的不是简单的文化符号,而是文化凝练的精神内蕴;所谓"元素"并不是照搬文化的碎片,而是彰显那个"元",而"元"是最简单的,最本质的,最精华的,最有场觉、境觉的,最能给人潜移默化动能的文化隐喻。

第一篇 山河风景

未央路之未央

城市的住宅楼里填满了陌生人，彼此"鸡犬之声相闻，老死不相往来"，电梯里搭个讪，简单的问候，算是交流的最高形式，这些似曾见过面的人，其实也是陌生人。扛着工具的建筑工地的打工人，要找一家简单便宜快捷的早餐店；背着行李匆匆赶路的外乡人想在大街上问路，拿不准方言别人能否听懂，只好用别人未必能听懂的"醋熘普通话"打问；乘出租车到酒店找房间的外地人四下张望着，在陌生中选择陌生；街也逛累了，腿也站麻了，路边找个地方坐下，坐道沿不行，人家以为你是"乡下人"。天很热，要是有个水龙头就好了，洗个手、抹把脸、喝一口，但是没有，即使有水龙头也没有把手，没法拧。用汽车轮子代步的人总是和那些用腿走路的人抢地方，人能挤过去，可轮椅说啥也过不去。大家都是互不相干但又不得不相干的陌生人，城市似乎成了"一个陌生人的世界"。

我们在西安未央路环境景观改造提升的项目创意文件中曾这样说："陌生人"在如此重要的城市主街上，如何能使那些离家很近抑或很远的"路人"找到属于"自己的城市"的感觉，在这个城市中找到可以安放心灵的环境，在这个环境中找到可以融入的认同的氛围,在这种氛围中又找到"自我"。

陕西礼泉有一个著名的乡村旅游地,是国家住建部、文化部、财政部公布的第二批中国传统村落,村域面积仅有0.4平方千米。这个小小的村落,它的民俗文化旅游吸引了关中、陕西乃至全国的游客前来参观、游览;又使得众多的经济学家、旅游专家、文化学者前来考察论证、总结经验、推广复制。袁家村刚刚起步的时候我们就去参观过。村落方正,棋盘布局;小尺度的街道,小铺面的门市;街上大碗茶的茶炉,三尺半的大风箱,炉火正旺;三间开面的戏台,弦板腔的戏文;一个个乡情乡俗的剪纸铺子,"寿"字中堂,现剪现卖;土制的布,平底的鞋;老油坊,老磨坊,打谷场;油糕、粽子、油茶、麻花、甑糕、臊子面、油泼面、杂酱面、裤带面一应俱全,来到袁家村就是到了关中旧时候的一个"万人大镇"。它为什么"火"得经久不衰,多少人在深度地思考。我们选择了就从它最初的游客群开始思考。它成形的年代正是国家改革开放如火如荼的21世纪的头十年,那些第一批进城,买了房,成了家,工作稳定了,孩子也长大了,腰包里还有余钱的人——这群居住在现代城市的"陌生人",开始寻找昔日家乡的记忆、儿时的童趣童恋,浓浓的乡愁,已经是不可抑制地涌动的思潮。这群人小时候生活在农村,集镇就是他们"高尚生活的模板",镇子就是他们心目中的"都市",那里有欢乐的经历,有心仪的物品,有童年对幸福的想象;但是老家可能太远,镇子可能已经衰落或者消失,再也不能"重复过去的故事",于是在袁家村找到了他们远去的乡愁,找到了心灵中最动人的地方，找到了精神文化的寄托。袁家村，就像老家的那位慈祥的爷爷，拿着长长的旱烟袋，坐在村口，"微笑"着招呼这群在城市里寻找乡愁的"陌生人"。

我们就把这个路域的形象命名为"微笑"吧！

"微笑，是建设者对奋斗业绩的自豪，这是时代的深情；

微笑，是管理者对城市表情的理解，这是现代的理性；

微笑，是城市人对人本和谐的领悟，这是世界的目光；

微笑，是城市人对现代化城市的认知，这是发展的需要。"

"微笑"的情感内蕴和形象传达是城市管理者打造城市新风景，塑造城市新性格，书写城市发展史，使城市走向成熟的历史使命和时代责任，是把家的温度还给这群"陌生人"的情感事业。

用"微笑"的情感，构成未央路路域"城域生长共同体"是创意规划总纲。"城域生长者"包含：机动车流量和未来十年增量、行人流量和十年变更量、居民现有量和十年增减量、商业现存布局容量和十年变更量、机关办公人数现有和十年预测等。把在本区域活动人数的常量和变动量作为核心因素，以人为本，改造提升未央路。把未央路城域作为一个共同发展的共同体，整体谋划，协调发展，共享空间资源，使这一城域和主动脉未央路成为一个现代城市绿色的"公共空间"。

"汽车让人"，交通早引导，早分流，长渠化，右转分解，人行道上无停车。"人行畅通"，人行道五米，全程通畅，无障碍。"共享空间规则"，各家停车各家地，共享空间有规矩。路侧带是"人文线",路侧带以168个套池花坛,花坛种高树绿草,既隔离又通透;十二个树阵,行人穿行自如,轮椅无阻通行;人自由进出于人行道和商铺店面或者单位,突出人活动空间的自由度……各种动态元素在一个空间里按规则共享,使"生长共同体"充满了自由和温情。

还是请您走走人行道吧:

骄阳似火,当你徒步在未央路的人行道上,别着急,往前几十步就有大树浓荫,这样的浓荫有十几处。树下有弧圈坐凳,高靠背。坐下来,"舒服",你笑了。今个心绪不错,在人行道上走上两千米,脚下每三十米就有一个地雕,似龙似蛇,活的一样,别小看它,它的原型可是汉武帝的一个挂件。供人随意坐的花坛有四十厘米高,这样的花坛坐凳全段共有三百米长呢。随意坐在石砌的花坛坐凳上,不经意低头一看,立板上有雕刻,"四马一车出巡图",那可是汉代的艺术瑰宝"画像石"的图样,你原来是在大汉朝的故土上漫步,你又笑了。

如果你是从秦岭那边来的,花坛中的黄栌你一定熟悉,可能秋天没有你们山里的叶子更有金色,但也是"老熟人"了;关中人最熟悉的就是国槐树了,长安无处不种槐,这条道上四十厘米以上的国槐有三十几棵,槐树上靠一下,你就回到乡情里去了;如果你看见花坛中的老石榴树,恐怕你是要想起老家门前的那棵你小时候常常偷摘石榴的树吧;春天天暖了,你若是到这里来,迎接你的是腊梅、茶花、碧桃、紫荆、丁香和满路的樱花;中秋以后你来的话,五角枫、红枫红艳得让你心跳。各平交路口的小

第一篇　山河风景

绿地里的皂荚、国槐、玉兰，垂柳都如你老家村口的那么亲切。一年四季，不管你是否经意，人行道一侧花坛套池中的绿色都会熨平你的心情，让你从心里笑到嘴角，生活竟回到了熟悉的"乡关"的境地。

还有一些城市雕塑：

"和小鸟一块快乐"：两个穿开裆裤的稚童趴在草地上，回头看时，两只小鸟正在他俩的饭碗里啄食，两个稚童张着嘴大笑。"孩子、鸟、草地都是这个世界的未来"。

"世界的背包客"：几个身着欧洲服饰的背包客骑着单车，笑意满面，神采奕奕，稍稍回头，向跟在他们身后的也骑着单车的中学生做一个"V"字的手势，中学生也做"V"字手势，四辆车一致向前。"世界在融入这个城市，融入学龄人的世界，城市也融入了世界的微笑"。

"阳光和人都明亮"：街口，中山装直筒裤平头老布鞋，三个城中村的老头，坐在长椅上晒太阳，指指点点，皱纹都笑出了花。"融入城市的农民，接纳了各类群体的城市，才有和谐的微笑"。

"我把垃圾放错了"：一个供路人洗手的台子和一组垃圾分类的箱子，一位中年女性把手伸进一个垃圾箱，一脸不好意思，对不起"垃圾放错了"。

只可惜，因为工期原因，雕塑还没有二次创作和制作安装，只能抱歉地命题为"未央路之未央"；但这并没有遮住未央路的"微笑"，我们的城市大道让"陌生人"有了温暖熟悉的家的感觉。

狼可不是这样想的

2002年做过一个项目,"西部绿洲西北狼滩",原名叫"生态建设基地"。这是一个生态项目,将一个颇具规模的苗圃改建为一个公园。场地大概有一千多亩地,十几万株苗木。银杏林、紫薇林、雪松林、国槐林、枫林、柳林;丰竹园、月季园、牡丹园;还培植和养护了庙台槭、青钱柳、刺楸等国家级一级保护植物,从严格意义上说应该是一个小型植物园。园子为了方便人们游览和感受生态,增强游览的趣味,建设了"风车广场""中华造纸坊""植物标本馆",经政府批准建设了青少年防毒戒毒教育的"罂粟馆"。特别有点意思的是创建了"化石林""中国湖""大漠胡杨""生态华表""西北狼滩"等节点景观项目。

当早晨的太阳从少陵原升起的时候,西沣路西侧的三架风车就被朝霞染得绯红,告诉你,西部绿洲就在你的眼前。走近时,你才发现三架风车是三座五层大楼,完全的荷兰古典风车的造型,巨大的风叶在六棱体的楼顶缓缓转动,像演奏着晨曲似的。你会怀疑你是在西安,还是在阿姆斯特丹?三架风车就坐落在西部绿洲的迎宾大广场上,是游客服务中心和游客留驻的酒店。转过身你就在两人合抱粗的中国槐的浓荫里了,中国槐是西安的市

第一篇　山河风景

树,在西安有几千年的种植史,西安的十三个王朝都是在国槐的浓荫里度过了兴衰沧桑。不远处两株和国槐差不多的皂荚树,有一些弯曲的树形像微微地向来客鞠躬。坐在树下,看风景的时候,你也成了风车优美的风景了。这就是我们的第一站:风车广场。人类在不断学习保护自然和利用自然,与自然和谐共处,风车是典型的一例。荷兰人用风车排水,以解决国土低于海平面的积水问题;人类利用风力提水灌溉、风车磨坊、风力发电、风帆助航等,数不胜数,人类保护和利用自然的历史为园区生态主旨的基本思路,当然,用异国风情的建筑是有市场感召力的。

中央大道,脚下一里路的页岩青石板,两侧一色的青砖人行道,两排油绿的油树。大道把公园的树林子分成了南北两部分,走进大道就走进了一个纯情的森林里了。沿大道进园二百多米,两片奇异的小树林一下子就把你的眼睛吸引住了。几十棵粗大的树桩,高的有四五米,最低的也有两米高,都在一条小溪旁和散植的高大银杏树的浓荫里静静地矗立着,走近树桩,你发现它们不是树而是石头,这就是著名的"硅化木",也叫"木化石"。亿万年前,地球"偶然"地让树木迅速埋葬在地下,被地下水中的氧化硅替换而成的树木化石。用手触摸粗粝的外皮,在冰凉的石皮里能感觉到木质的温暖柔美;从剥落的地方能明显地看见裸树的纹理。小树林的前面放置了一个方形的玻璃展柜,里面斜放着硅化木抛光的横截面,玉石似的,透出温润的光泽,树木的年轮清清楚楚,诉说着它们生命的"苦乐年华"。西安的西北大学把一块硅化木作为校园雕塑,放在校门口,昭示着崇尚自然的办学理念。这里,把硅化木做成树林,宣示着园区的生态主题。抬眼望向高大挺立的银杏树,扇形的树叶在风中诉说着它中生代孑遗的故事。这里"涅槃"的"化石树"和活体"化石树"让我们穿越远古的生物世界。"化石林",园区生态主题的标志景观,这些化石是造园者从西部沙漠里收集而来的,把植物的进化遗存展示给人们,以激发游客对自然的敬畏。

从中央大道左转,不远处正对着路有三间两坡大房,大屋顶,对称窗,中堂门,麦秸黄泥敷墙。鞍间房的右边是面对面四间厢房,单坡"半边盖",典型的关中民居,纯粹到就像是农村的一家院落;可是,再仔细看时,墙上一个牌子上写着一个惊人的名字"中华造纸坊"。进了大屋就进了"绿洲中华造纸博物馆"。展出的是现在长安北张村村民用古代造纸工艺生产的各种纸品,大部分是土纸,还有北张村造纸作坊的用具和原料。院子的左边是一个简陋的棚屋,浸水塘、漂纸池、捞浆筛子、凉纸板、样样俱全。池子里有泡好的纸浆,您可以去试试漂一张纸,贴在大房的山墙上,晾干后拿回家做个纪念。沣河畔长安北张村是蔡伦造纸最早的起源地,据说蔡伦就是在沣河西岸的平等寺发现了僧人的纸质经书后,总结推广的造纸术。有一位大学老师叫李仿,就是这个村的人,他一生致力于造纸起源的研究,写了一本书《中华纸传奇》。西部绿洲项目处在沣河一个大的支流交河的南岸,于是引进地方文化资源,在园内建立了"中华造纸坊",把现在这个村还在使用的古老的造纸作坊搬到园区,让游客在家门口体验"造纸术"这"四大发明"之一的伟大创举,让孩子们领悟中

第一篇　山河风景

国人民的聪明才智，感悟对自然资源的利用和保护，激发孩子们创造的激情。

中央大道的中部，有一个圆形的盘道，盘道中心的圆形平台上矗立着一个巨型雕塑"生态华表"。蔚蓝的天，碧绿的树，洁白的汉白玉雕塑，让人心里变得纯净无瑕。仰望华表汉白玉上金色的图案，可以辨认出最上边的是藻类植物的样子，再仔细辨认你会找到双子叶植物或者裸子植物的样子，原来浮雕是植物进化的"图腾"。西部绿洲文化创意的核心是生态史的教育功能，对自然历史的崇拜，对大自然的敬畏，是创意者的精神来源，在这样的以绿化景观为基调的园区，必须有一个生态思想主题象征性的核心景观，于是创作了"生态华表"的雕塑。雕塑用了二十四块一米见方到三米见方的汉白玉，每块使用三个面，共七十二个面，做图腾浮雕。二十四块汉白玉方石对接为华表的造型，以表达自然法则的崇高。圆形的汉白玉台基上，引进西方文化中的"四季神"四尊圆雕，按中国文化的"青龙、朱雀、白虎、玄武"方位立置，整个场面肃穆、庄严、仪式感特强。凡是在这儿观瞻过这尊五米高的"生态华表"的人，无不肃然起敬。

西安是通往西部的大门，西北第一大城市，它的地理大背景是巍巍秦岭，秦岭是中国南北温度、气候、地形、生物的分界线。要使西部人永远不忘曾经抑或现在的"荒凉"，生态的脆弱，我们得有一个用植物景观的色彩、形体的强烈对比的物象，来警示中国西部生态保护的紧要性，同时增强景观的文化性和趣味性，于是团队创作了"大漠胡杨"这个节点景观。接中央大道，一个圆形的高台。台下合围的是由一千株蜀桧修剪成的绿篱图案，是典型的法国风格；台上在青石板铺就的环形道路中间是直径三十米的平场，平场地面是从新疆鄯善运来的戈壁砾石，写意的戈壁滩。滩中散立了十几棵从罗布泊运来的干枯的胡杨，在胡杨的间隙里有干枯的水杉。一块巨大的石头上刻着鲜红的"大漠胡杨"四个字。在深绿色的拱卫之中，蓝天白云下，显现出一个纯灰色调的场景，纯无生命迹象的画面。让人们触摸一次大漠的荒凉吧！血红的夕阳，残冬的冷风，胡杨的叶子落尽，旋转的大风扬起戈壁的沙石，呼啸着。胡杨的枝条被风拧成旋转伤痕，胡杨的树干像风一样地扭动，打旋，难怪罗布泊的胡杨都有像虬龙一样的身躯。风带来了沙，送来了砾石，沙石埋没了水，河断流了，海子干涸了，戈壁上只有风沙的嚎叫，没有了春天的歌唱，自从"春风不度玉门关"后"平沙万里绝人烟"，这就是西部绿洲生态的呼唤！

从"大漠胡杨"大圆盘右转就踏上了"狼滩大道"。一块粗砺的长方体大理石赫然出现眼前。大理石方块，不整边，不削棱，开石时的冷爆下药孔清清楚楚，野性十足。石的正面是著名作家贾平凹给狼滩的题词，"狼是和我们人类一同生存过的"，贾平凹的题词字字铿锵，史诗般的语言，透出了人类和自然是共同体的深邃感悟；他的字体沉稳，厚重，又不乏温和，落在这粗朴的石头上，烙在游人的心上。狼滩大道右侧像这样的汉白玉方石有十几块，每块浮雕讲一个狼的故事。雕塑有的取材于《狼来了》《狼外婆》等民间故事，有的取材于《聊斋志异·狼三则》《红

第一篇　山河风景

狼》《狼图腾》等著名文学作品，经过西安美院雕塑大师的设计，河北曲阳雕塑家的手艺，最终把"狼"的故事呈现给游客。当我们把一个又一个的"狼"的故事从浮雕里读出来的时候，"狼"这个在人心中"凶狠"的样子，就丰富多彩了，就亲切而可爱了。

狼滩大道的尽头是交河南岸，狼滩广场就设在这里。从广场城垣的垛口里可以看见狼滩高高的围网，透过拱形的狼滩大门依稀能看到几只狼逡巡而过的身影，你的心就一下子提到嗓子眼儿了。《西安晚报》曾这样报道狼滩："这个占地300多亩的狼滩用三层防护网隔离，百余只野狼在狼滩自由繁衍生息。荒草连天，茅根纵横，芦荡飞絮，百余只狼隐现狼滩，狼王仰天长嗥，摩天大厦倾听原始的呼唤，人们坐观光车进入狼滩，和狼亲密接触。"这是放狼入滩那天的报道，读后总觉得没有把"狼格"说活。我们是和这里的狼有过"亲密接触"的人。

抱过狼崽。第一批狼崽用飞机从青海运来的时候，我第一次看见了真真正正的"狼"。几只黑黑的狼崽和小狗没有两样，从笼子掏出来，怯怯地挤在一堆儿，亮亮的小眼睛一眨也不眨地看着陌生的我们。据说有一只狼崽经受不住旅途的颠簸，夭折了，我心里不禁有些凄然。我抓过来一只，抱在怀里，用我的体温暖热它。饲养员开始给它们喂早已准备好的牛奶，它们大概饿了，都像孩子一样吸吮，多么可爱的，这没有满月就离开母亲的小生灵。

给狼群喂过肉。大批的幼狼买回来，肉是必须供应够的。在附近的镇上找了一家卖牛肉的店，和老板商量好每天的供应量和价格。又附加了每天要用的鸡骨架。店家把肉送来，在养狼的大铁笼子外取出来，我看见那一群群狼饥渴的眼神，贪婪的目光，它们已经是真正的狼了。我试着拿一块肉扔进笼子，可是群狼只是围过来看，有一只大一点的狼过来撕咬，撕下一块，拖到一边，开始"狼吞"，剩下的肉其余的狼一哄而上，抢、撕、咬、挤，乱作一团，给很多狼的脸上、身上留下了"竞争"的伤疤，这时狼社会组织结构的法则第一次在这么近的距离给了我真切的感受。饲养员告诉我，他和狼非常熟悉了，也可以说是有感情了，空手能进笼子，但不能拿食物，拿食物进笼子，狼就"六亲不认了"。

曾因为狼而流过泪。狼在园子里已经生活一年多了，有一天，饲养员说"下狼崽了"，我们闻讯立即跑到饲养棚看，园子的狼有了"第二代"，多大的事啊！可是我到现场时，饲养员无助地说："狼崽死了！"一只黑黑的，和刚入园时候一样的小崽崽，正蜷曲在草丛中，笼中的狼群一律都立起身，我分不清哪匹是这个小崽崽的妈妈，这可怜的母亲。据说野外的小狼崽死了，它的妈妈会把小崽崽吃掉，以免"暴尸野外"被别的野兽吃掉。真想找到那个刚刚临产的母亲，把它的孩子还给它，母子做一次生和死的团聚吧！看着这场面，我不禁泪流满面了。

狼让我领会了责任比天还大的道理。一天午后，阳光炙热，我得去看看狼的情况，要不要购置几台电扇给狼群。我赶到饲养区的时候，一件惊天的大事正在发生。通常每组狼群都有两个笼子，替换着关闭，以便打扫卫生，清除狼的屎尿和残留的食物。

第一篇 山河风景

这天狼进过"午餐"后,饲养员照例打扫笼舍。稍一大意,更换的笼子门没有关紧,狼就乘机走出了笼子。只见七八只狼立在笼子外,四下张望,"逡巡徘徊"。这还了得,狼要是跑了,到周边村子里去了,要危及到多少人的安全,恐怕要动用武警部队来打狼,恐怕要上中央一台的《新闻联播》!这时,在笼子旁刚刚吃完饭的民工,就要拿起随手的棍子,挡狼的去路。饲养员连忙低声地说,大家都不要动,不要喊叫,别逼迫狼,吓唬狼。我就站在狼的面前,有一只狼抬头看看我,又转头看后面的狼,"莫非是商量怎样行动"。不过我也发现狼拿不定主意,"狼顾"就是狼的多疑。狼和人都面面厮觑,狼眼对人眼,相持了足足两分钟。这时奇迹发生了,狼一个跟着一个又走进了笼子,小蔡乘机快步上前把笼子的门关上了。大家这时都长出了一口气,七嘴八舌地开说了,那个想拿棍子的民工逞能地说,他一吓唬狼,狼也就乖乖地进去了。饲养员淡淡地一笑,幽幽地说:"狼可不是这样想的,那是狼王没出来,谁也不能随便行动。"偶然之中的万幸,可把我吓出了一身冷汗,要是发生了这等事故,作为负责人,坐牢是小事,人命是大事!责任比天大!

　　进狼滩看看,交河南岸的狼滩是建园时工程取土和狼滩地形整理同时施工的。狼滩里一侧沟壑纵横,一侧林木茂盛。沟壑里是狼夺食的战场,密林是狼群休整隐蔽的地方。驱车进滩,带上几只鸡或者一头猪仔。把食物丢下车,狼群就会从树林里扑出来围猎。我们进滩,清楚地知道这一百多只狼已经在进园的两年生活中形成了两个作战团队,它们进滩后各自在狼王的组织下划定了自己的地盘。这会儿正是中午，狼都在树林荫凉处，丢下的活鸡，只有少数几匹狼出来捕捉。再说上午进园的游客多，狼都吃得饱饱的。"饿狼"是实话，只有食物匮乏时狼才拼命。

当年，年轻的投资者和我们谈起狼滩创意的时候曾经说：东北有虎园，西北建狼滩。"西北狼"应该是一种文化，一种性格，一种精神。当下"狼文化"往往用来表现"团队精神"，比拟严密的组织性、纪律性和工作的协同一致。我们更是把狼这种处于食物链顶端动物的存在和保护作为维护生态平衡的标志，让人再认识"狼"存在的生态价值，于是在"西部绿洲"里就有了"西北狼滩"。

西部绿洲创意设计建设的一个压轴戏是"中国湖"。交河常有水，西部绿洲要有湖。抽取交河的水经过湖水湿地，改善水质后再回到交河，无疑是一项既开发了旅游产品又保护了生态的循环经济，"中国湖"就此诞生。园区最好的观水景位置是"水上餐厅"，水上餐厅沿着湖的东岸呈大弧形建设，这样在餐厅的各层都能全景式地观赏湖景。您坐在二楼落地大窗的窗口，窗下"接天莲叶无穷碧"，虽然荷花还没有盛开，但有花蕾的荷花更有神采，那是才露尖尖角的，蜻蜓、小鸟、蜜蜂确实比你来得早。湖对岸，一片白杨树林的合围里，满坡绿草茵茵，几个滑草的小伙子正从坡头滑下，箭一样地快，隐约能听到坡下几个花花绿绿姑娘的尖叫声、笑声。转过眼来向南看，青山如黛，层层透迤，那是秦岭主峰之一的终南山。窗下的莲叶、水竹、水葱、香蒲郁郁葱葱仿佛和青山连在一起，真正的"接天莲叶无穷碧"，

第一篇 山河风景

极目处确实是一幅气势浩大的生态画面。您喝一口清茶，回身往北看，在水岸的一边，几只小梅花鹿在草地上尽情地撒欢、追逐，母鹿静静地望着，安详地嚼着绿草。鹿苑的栅栏外竟有一位老人吹口琴，仔细听，是《绿岛小夜曲》，美好的自然让人人的心都变得年轻了。一点微风，吹弯了满岸的垂柳，吹皱了一湖春水，映出了层层蓝绿色的光泽，湖心岛雪白的小楼成了五彩的屏幕。您要是有兴致到楼的另一侧，那就会看到望不透的竹林，听到不远处孔雀园里飘来的笑声。我们建议您坐上园区的电瓶车兜兜风，从水上餐厅出发，这个站叫"西安站"。湖的岸线就是依照中国的版图规划的，站名就是各个城市名，让全国的朋友都能找到自己的家。"海南岛""台湾岛"是环湖路另一侧的小湖，那里的睡莲正值花期，摄影的女孩子很多。车过"哈尔滨"的时候，就到了杨树岭和油松林，林中挂在树上的睡床可不少，小孩子把睡床当秋千使，掉下来又爬上去。在陕西园一定要停车，去看看园林置石，在用地形表达的陕西园，三秦九十七县每县置一块大景石，上刻有关于这个县的古诗，简直就是"文化兴陕"的写照。在你的县石上坐坐，心里美滋滋的，像坐在自己家里……走不尽的湖岸线，看不完的祖国美景，享不完的自然风情，思不尽的自豪和自信！

谁家都有宝

富人家有宝贝，玉石翡翠，名人字画，金丝楠家具，甚至皇帝题的牌匾……穷人家也有自家的宝贝，上辈人留下的枕头，用了五十年的手推车，衣饰朴素但水灵的女儿……有钱人的宝贝大部分是负担，穷人家的宝贝天天都能带来快乐。做项目几十年，不知看了多少现场，最深的记忆就是项目甲方说起自己的那份家当总是如数家珍。无论富庶的江南，还是贫瘠的西北；无论山川河流秀美，还是戈壁一望无际。带我们看现场的"当地通"对自己的场地总能数出个一二三四、甲乙丙丁、子丑寅卯的道道来。我称这种心态为：山水自信，"谁不说俺家乡好"。这种自信倒是给我们挖掘地域资源优势引了个路子，指明了方向。

重庆两江新区水土片区有一条河，一条极普通的河，比山溪大，比真正意义上的河要小，名字叫"黑水滩河"，成立新区后因为发展需要，改名为"竹溪河"。黑水滩河发源于华蓥山宝鼎山南麓，流域全长六十一千米，汇入嘉陵江。过去由于上游诸多无序开采的煤矿，河水常年发黑，因而博取了一个"黑水滩"的丑名字。近些年矿山治理使水由黑变浑，雨季使水由浑变红。出山时虽是清流，下游诸多企业的排水让入嘉陵江的河口又变浑

第一篇 山河风景

了。河水深切淘挖,岸高坡陡,洪水时底部不牢靠的朱红色泥砂岩巨石跌落河谷,水不大滩多,流不宽石多,树不高草多。在这条河的中下游河段,政府的开发愿景很宏伟,"千年竹溪河是水土生态核心轴""一半山水一半城""一条河拉动一座城",规划设计高度、深度和广度可想而知了。

由院长带队,我们一行十人下到了竹溪河谷。队伍里学规划的、学水利的、学景观艺术的、学工程的高材生在黑水河流经水土片区六千米(一期)河谷的巨石乱滩中,在比人高的野草湿地里,在九湾激流的回旋里,在红泥岩的高岸深谷中细数黑水滩河的"宝贝"。

一行十人的现场勘查组淹没在荒草里,队伍拉开,只听到哗哗的流水声,"注意脚下"的招呼声,刺啦刺啦划开茅草的声音。不知有谁踩到泥沟里了,大呼小叫。草很深,泥很厚,泥色沉着。稍干的地方有不知什么鸟的窝,有的还有带麻点的蛋,人来了,惊得鸟"呼啦呼啦"地飞起。"河流宽滩湿地",纯粹自然体系,优质湿地品质,保护它是必须的,这是"一宝"。

穿过大约一千米的茅草地,河谷渐渐地变窄了。陡岸短坡的河谷里满是巨石,有的竟像一间房屋斜盖在水边,有的一组一组的大大小小的泥岩直接在河道里随性地歪斜着、端坐着、拥挤着。流水就在这些石头的空隙里滔滔汩汩地流。这些巨石都是从高处跌落的,千百年来形成了河道的石阵。整理这些巨石,疏通河道,做一个泥岩的公园,省时省工省料,天成。几个小伙子爬上一尊巨石,高声呐喊"竹溪河,我们来了"。我们来了,"探宝"

来了。

　　轰响的水声从不远处传来，寻着水声，站在河滩地一个巨大的石面上仰望，河瀑从十几米高、七八米宽的巨石上分作五六道跌落下来，撞出弥天的浪花水雾，涌到只有三米左右的石槽中，石槽斜下几十米，水流湍急。这简直是"黄河壶口瀑布"的竹溪版，虽然体量比不上壶口；但气势毫不逊色。忽然，听见又一种宏大响亮的水声，转身再看，刚才从岸上下来的时候，石缝中的林木遮住了十几米高的石壁，静静的绿色中竟有三股青中带白光的瀑布从岸头的绿荫中泻下来，激流同样涌进石槽中，水雾和河瀑水雾合于一处，蒸腾飘散。丢下"竹溪壶口"上岸去寻找水源。前行不到一根烟的工夫，发现在岸边有一排鱼塘，养鱼人正下网捕鱼。养鱼人告诉我们，这里要修公园了，鱼恐怕养不成了。我们当然最关心的是瀑布和水源。探其究竟，原来养鱼人是利用这段河流的大落差，从上游筑渠引水的。鱼塘换水有三个出水口，那么就有三条瀑布了。大河边生活的人都懂得一个技术，利用落差，在上游河中筑渠引水灌溉下游田地。长流水，大落差，好资源！鱼塘仍然在，只是要增加湿地来净化水，园林农业景观自有活水来；开闸就有瀑，构成瀑布群。一时间大家群情激昂，众说纷纭，又寻到"一宝"。

　　穿过复兴镇，再下竹溪河。河流在这里转了一个大弯，天然形成了一个千亩半岛，从弯头到弯尾直线距离不过一千米。当地居民为了灌溉在弯头处筑了实体坝，几万平方米的水面波光粼粼。坝下露出水面的河床里有不知什么年代水上建筑物基础的石

第一篇 山河风景

窝和天然的柱础,这些石窝和岩石河床中水溶的圆坑构成了一幅幅恰似天象的图案,让人过目不忘。连通弯头弯尾,构成环水岛,岛上建设未来之城的中心公园。平旷的原野湿地、草坪、修竹、茂林,低密度的城市建筑,巴蜀特色的未来之城生态核心区,都在我们的心中渐渐地清晰了。

竹溪河,源头、径流、库塘虽不是优质资源的整合,但从不断流,这是"一宝"。泥砂岩夹层结构松散,上层落石体积大、数量多,治理有难度;但有做成岩石公园的天然条件。漫滩多,杂草繁盛,凌乱无序;但有机土壤淤积厚,微生物种群条件好,适宜建立很有品质的湿地公园。有些河段,落差大,水流急,人的参与性低;但对于组建瀑布公园,设立凌空观景台、空中栈道的景观条件得天独厚。岸高坡陡,谷窄沟狭,连通性差;但建设建桥的景观一定观赏性强。资源优势就藏在表象的遮蔽之下,这考察的是"化腐朽为神奇"的功力,于是团队才有了一些带有方向性的"寻宝"和"用宝"的工作。

从尊重场地,敬畏自然,天人合一,到依地理地貌,适地适人,点化为功;

从有源无治,有流无调,流长无蓄,到疏源治污,导流顺势,建坝调蓄;

从巨石乱阵,险滩无序,河瀑多叠,到整理河石,飞栈过滩,竖栈为桥。

从漫滩荒草,蚊蛇盘踞,百虫聚生,到梳理水道,杀菌灭害,治荒植草;

从高岸危立,谷狭流急,原始粗放,到引流挂瀑,挑台凌云,索道探谷;

从宽谷荒芜,杂乱田地,拾荒野民,到随坡梳坡,整田梯畦,导民务工;

从汇水杂乱,渠溪众多,植被无章,到景石入园,集溪为景,绿青依依;

从谷隔无路,"见面容易拉手难",到五座景桥贯通,桥下景致桥上人……

岩石公园、湿地公园、瀑布公园、樱花河谷、复兴生态岛,"中国西部第一城河谷公园群"就这样像一群翩翩起舞的河神少女把美丽献给了城市。我们常说"自然禀赋"这个词,也常常强调"先天优势"对于发展的意义。土地、矿产、水、森林、草原、沙漠、冰川、河流、湿地、滩涂、山岭、岛屿等这些自然资源不可能在一个地区全都呈现出优势,也不可能在一个地方一个长项都没有。一个家,富有富的过法,穷有穷的过法,把穷家过得有滋味的人才是会过日子的人。会过穷日子,能把穷日子过成富日子,是很有道的,那就是发现属于自己的、过好日子的"宝贝"。"穷家未必没有富路"。中国有句俗语,"俏是万人戏,丑是家中宝",说的是丑媳妇大都勤劳,不张扬,不惹是非,是家境安全平稳的重要条件,这大概可以比作对资源的评价。自然环境不好不等于自然资源不好,那么这里就有个认识资源特质、挖掘资源潜力、发挥资源能量的问题,就有一个尊重资源但又不拘泥于资源的限制,而创新利用资源的问题。当我们把"有限"资源的能量调动到"无限"的时候,就可以自信地说:"规划设计是成功的。"

谨以此纪念竹溪河项目。

风·景·纪

小场地的大格局

有许多场地小,但要求"故事"大、文化含量厚、社会影响力高的景观项目,给规划设计者提出了一个"小中见大"的设计命题。"山僧不解数甲子,一叶落知天下秋",唐人诗意告诉我们,从个别的细微之处,可以知晓大局的发展趋势;唐代诗人元稹在《行宫》中这样写:"寥落古行宫,宫花寂寞红。白头宫女在,闲坐说玄宗。"以宫女闲聊的细节传达社会兴衰,时迁人非的世事变迁。中国的文学历来讲究"大处着眼,小处落笔",也就是"以小见大"的美学构思。在小空间中表现大的文化格局,张扬美学中的"细节"表现力,这将考验规划设计师的哲学认知和美学修养。

"大唐西市",西安"皇城复兴计划"的重点项目之一,是在唐代西市的原址上重建的、以盛唐文化和丝路文化为主题的、国际商旅文化产业项目。以巨大玻璃地面保护唐代西市"道路车辙"的西市博物馆,集西安古玩市场大成的"古玩城",具有异国风情的丝路商旅街区,现代大型超市,胡姬酒肆演艺中心,西安城购物中心及西市酒店等建筑都在"九宫格"的空间中布局。这次我们做的是"三、六、九"格的屋顶花园。"三、六、九"

第一篇 山河风景

格一层到三层是大型购物商场,地下室是美食城,二层连廊是"丝路风情街"。屋顶三格连接,长百米左右,宽不过三十米。在屋顶平台上西南和东北角设顶层"金色大厅"(宴会厅)和咖啡屋;东部和西部中段有两个很大的拱形玻璃穹顶;北边女儿墙后还有风情街建筑景观高高的塔顶。屋顶的留空地面不超过2000平方米,也就是这个区区2000平方米的空间,要把屋顶所有突出的建筑顶部包容,要和大唐西市的宏大格局尺度协调,表现盛唐和丝路的文化品质,给我们的只有一条路:以小见大展主题,细微之处现恢弘。

线条、形体、色彩、尺度,景观的几大要素在细节上的构思和设计上使我们的思维很艰辛,很痛苦,但也很快乐,很幸福。

一条水系连通东西,三次过桥。水系在两个玻璃穹顶各绕一环。西侧水边华山松配点石,植银杏和翠竹,"明月松间照,清泉石上流",把王维请出来。东侧面扩大,水上威尼斯的"冈多拉"(威尼斯的公交船只)和划船的威尼斯人(原雕)。让唐诗吟到意大利去!

一条直路,过河,跨栈,越池,一头是唐代仕女出游图(青铜原雕),一头是大曲线石阶构成的三层水面,是亚得里亚海的大写意,"一带一路"直通永年;让盛唐仕女远足威尼斯!

以金色大厅宽阔的古典中式大门为背景设置唐代仕女出游的雕塑,金色大厅是举行婚礼仪式的地方,记录唐代丰腴的美女和新婚的主人、嘉宾一起欣享人生的精彩瞬间。仕女的身高取现代女性的标准身高,谁也不高谁一等。盛唐的"雍容典雅"和当代的"时尚潮流"融在一起,让"王谢堂前燕","飞入百姓家"。

东头的蓝色瓷板铺贴水底的三层水面,端头放置一尊"李白对月"的青铜雕塑。李白微醺,抬头望月;那个在冈多拉上划船的威尼斯人也是举头望月。李白这时醉眼中的月亮,是亚平宁的月亮,它和中国的一样圆。此时李白和那划船人"长歌吟松风,曲尽河星稀。我醉君复乐,陶然共忘机"。

中部一段西域特点的景观墙后搭架子种葡萄,河边跌水渠头放置汉白玉雕塑,是唐兽首玛瑙杯的放大版,让张骞从西域引进的葡萄,酿成美酒,"葡萄美酒夜光杯",丝路风情世界醉。从三层伸到屋顶的小屋,做"驿站"造型装饰,长椅上放置用青铜制作的唐舞马衔杯仿皮囊式银壶,多民族文化在丝路融成长河。

屋顶直线条通透,让边际伸向蓝天。大曲率波线,三层叠面,三个水面映出一个蓝天。女儿墙用唐代图案纹饰透雕,在夜间楼下五彩的灯光秀映衬下,短墙就成了唐代文化符号的剪影。

小屋顶花园的小细节成就了大的文化意象,小空间呈现出大格局。

西安临潼有一个温泉酒店,新建的三栋温泉别墅要打造文化景观,取名为:秦风苑、唐风苑、新风苑,建筑均是"新中式"。我们把这种小空间的设计称为"拿捏",仍然在细节上做文章,"以小见大",见微知著。除了用一条小水系连接三栋建筑,既是"一衣带水",又喻"源远流长",周秦汉唐"一脉相承"。特意把只有五十米左右的直线条通道稍做加宽又曲成三个弯,延长通过的时间。设中式景观拱门短墙于小溪上,既分隔空间,又用框景法加大景观纵深。小溪在第三栋以弯道引申,构成"曲水通幽"的意象,等你稍转视线,以巨型花岗岩打造的"骊马"造型的假山和浮在水面的"新风苑"出现在你的眼前,院子水波平静,假山上流水淙淙,别墅露台上正有客人品茗,让人觉得这儿"杳不知其深"。

最难拿捏的是秦风苑,建筑风格和秦不搭界,内院小景空间过小,盛不下"大秦帝国"。秦朝是我国第一个统一的封建王朝,功绩在于"统一"两个字。墙上,进院的中式风格短墙上使用挂画的手法是有空间的,于是创作了铜板雕"六国归一"。青铜浮雕以战国时各诸侯国的钱币作为分散点,以"秦半两"(秦国货币)作为画面的主体,用波线把各个点上的钱币和秦币连接,多流归一,天下大统,一个大秦就出落在这个空间里。这个小物件做了大文章。

若把景观学对于"大小"关系的理论表述为"小",那么实践中的体验和感悟才是"大"。《庄子·逍遥游》中提出"大小之辩","斥鷃"和"大鹏"大小之别不在形体,而在于志向和境界。景观环境的规划设计也不在于空间大小而在于设计者的艺术积淀厚度和认知广度,在于"眼睛"和"思想"的锐度和"宽度"。仅以此为实践做"志"。

不漏风的小棉袄和贴身口袋

近些年来城市建设社区公园、街头绿地成为风尚,有人诙谐地称是"口袋公园"。

社区公园最大的优势就是"近","人气盛"。居民不用开车、赶车、骑车,伸脚就到了公园。居家的老人,无论是散步、坐代步车、还是被儿女或者保姆推着,出门就是绿色园区。放学的孩子,先不回家,书包丢在公园草地上,在家门口的草坪上、树林里、长满灌木的小丘上,玩够、疯够才回家。每天早早放学的幼儿园孩子们,爷爷奶奶们"必须"先把他们带到社区公园,这群孩子就占据了游戏的组合器械,叫声、笑声和哭声和着小树林的鸟鸣,幸福的欢乐就响亮地洋溢在这小小的世界里。早饭后,晚饭前,保姆们有的抱着孩子,有的推着婴儿车,有的搀扶着或者推行着老人,都来到了家门口的小公园,这里便成了保姆开"论坛"的地方,张家长李家短、家务活儿、看护活儿、主人的表扬或者不满,自己的委屈或者遇到好主人的运气,都在这儿既畅所欲言又有保守隐藏地聊着、笑着、抱怨着,尤其说到想家时大家心情是一样的激动。每逢节假日,公园的风雨廊下座无虚席,下棋的、看棋的、凑热闹的,有时为一步棋吵个面红耳赤,"臭棋

第一篇　山河风景

篓子""观棋不语真君子""驴槽里多了个马嘴",这些责怪责难的俗语就集了大成。打扑克牌的、打麻将的,摊摊都一脸的认真,气氛紧张,似乎都下了很大的赌注,其实大部分就是争个输赢,即使有点赌注大概也就是"毛毛钱",这些爷爷奶奶们口袋里的钱可不是用来玩的,一会儿回去还得给孙子捎一点"吃货",省得这些小嘴巴给他们的爸爸妈妈告状,堵了玩的路子。最活跃的是健身场地,越是建得久的口袋公园,各类器材似乎都约定俗成有了规矩,早上、中午、傍晚,清晨、午后、擦黑,一拨一拨,各类人员使用器材的时间约定俗成。今天哪个器材空着,其他人就会猜测出了什么事情。中国有句俗语,"女儿是父亲的小棉袄",说的是女儿对父亲很贴心,关心很细腻。中国人把城市的街头绿地和社区公园叫作"口袋公园",说的是随身、切身,生活的必需。我们这些做城市规划和环境设计的人就得研究社区公园这件"小棉袄"对居民的关心"细腻"在何处。这个城市"大衣的口袋"里应该装些什么,才能使这个家门口的公园切近市民生活,成为城市发展中分享幸福的空间和生活"丰满"的空间。

一尊雕塑,一座老牌坊,一座旧宗祠,一棵大古树,一方山巨石,一段老石墙,都是一个社区的文化记忆,或浓或淡地烙在社区人的情感里,成为社区文化的因子。这个因子,已经渗透或者即将渗透到社区文化的基因中,它将成为社区的集体无意识,溶解在社区人的精神里。

一条小溪流,一片小树林,一条百米石板路,几块青草地,几树美丽的花树或者几片鲜艳的开花地被,都是一个社区人的最爱，都装点了社区人的心灵。这都会进入社区人环境的意识中，可能引发对遥远故乡的愁思，或者对美好自然的向往；但都固化为社区的生态记忆，升格为一种意识。

广场上，草地边，树荫下。一排秋千，尤其是那个能母子一起荡的秋千；有光滑的"攀岩"抓手的巨大的半圆体儿童攀岩球；用黄土一样颜色的瓷片铺贴的供孩子们"溜坡"的土堆；几十块方形石头堆砌成几个平面的"跳方"；让孩子们"挖洞""做沙雕"的几平方米的沙坑；几个没有岸线的教孩子们"蹚水"的积水潭；滑板、绳索桥和"隧道"组合的像机器人一样的联合器械。几条顺溜、平坦的道路；弯道有标志，长度有标注，道上有卡通图案，是孩子们滑板、轮滑、儿童自行车的专用。孩子们在这的兴味可比写作业和学钢琴时高多了，虽然不考试，但不用力用心是玩不好的，这是孩子们较量力量、比试才智、实践合作、放飞想象的地方。

有那么一块一二百平方米的塑胶地板，安装上户外运动器材，诸如：太极轮、平衡木、跑步机、肢体牵引机、背部按摩机、扭腰器，各式智能运动器械，几个乒乓球台和两块羽毛球场地，还有一小段按摩脚部的卵石路等。社区中老年人常年被各种检查数据困扰，血压、血脂、尿酸、血糖等，运动才是真正的良药。切心的是既锻炼又能控制强度，"任何事都怕天天有"，在这儿运动天天如此，周而复始，这个"小棉袄"不漏风。

随处有可坐的木质靠背椅，起伏的草丘边随意放置的石头，或直或弯或折或曲的风雨连廊，廊下或方或圆或长的木桌或者石

第一篇 山河风景

桌,林边路旁设置的直饮水龙头,或动物造型或几何造型或艺术造型的垃圾箱,都延伸了社区居民的生活空间,都把家庭的幸福移植到社区公园的空间里。那些坐惯了的凳子,那些日日里相聚的牌友、棋友、拳友,几天不见心里像少了点什么。或独坐或聚集或"吹牛"或"海谝",熟地熟人熟事常规的热闹,社区少了谁都是个遗憾。社区公园已经成为居民们生活不可分割的部分,社区社交的中心。

社区公园的"口袋"装着八个字的秘笈:"近",近在咫尺,抬脚就到;"小",尺度宜人,开阔透亮;"绿",红情绿意,林草葱茏;"切",无微不至,关心入微;"精",简练实用,运用方便;"周",细心周密,处处用心;"新",别具一格,独出心裁;"智",智慧满园,智能启智。做到了这些,"口袋"就充充盈盈,应有尽有;"小棉袄"就严严实实,切心备至。

近些年在做的社区公园兴起了"主题社区公园""特色社区公园""时代社区公园"的创新热潮,诸如:童话主题、音乐主题、智能主题、运动主题、自然公园,名目繁多。由此又衍生出"时光漫游""老榕树下""湿地街坊""消防公园""交通公园""3.0时代公园""低碳公园""爱情公园""四季公园""蝴蝶公园""宠物公园",灿若繁星。社区公园这件社区人的"小棉袄"有全新的面料,时尚的款式,社区公园这个城市的"口袋"里装进了新时代的物件。

有一个城市的大街平交路口,规划人大尺度建筑退线,留出四块城市绿地,建设了一个社区公园,取名为"四季公园"。这个公园以"城市之眼"为主题,在四个空间中融入了文化、创新、乐活和艺术的主题,力求表达城市的生态品质、开放气魄和城市活力。四块空间以丰厚的绿色为底蕴,以向心的弧线变形为组织,路径设置和周边的城市建筑类型相连接呼应,设置了阶地草坪、儿童活动场地、音乐喷泉、四季之门等平面和竖向的景观。"四季公园"有三个点是不容错过的:其一,植物配置独具匠心,丛生大乔木,四季表现出色的开花地被,以植物的特色传达四季的概念。其二,多曲线变形推出既简洁又有视觉穿透力的雕塑——"四季之门"。这个雕塑以十二根弧形钢管寓意每年的十二个月,分两组表达竖向视觉效果。春季早晨九点十二根弧形钢管的投影和地面的弧形空间分隔相叠,正和45度角对应的另一块空间的以高音音符为创意源的雕塑呼应,把公园的活力表达得鲜明而自然,使整个空间充满了明暗和谐和朝气蓬勃的感觉。其三,大尺度的弧线阶地草坪,石材连阶的尺度宜坐易行。浅灰色的花岗岩使草地既柔细又有强度,全开放的大色块、大弧线、大景观使人视野开阔,激情满腔,隐喻了改革开放的胸怀和气度。在城市公共空间,大社区公园表达城市性格,气质、意识、幸福指数融于自然、融于现代、融于生活,这就是社区公园之大爱!

在一个城市居民住宅的合围里有一个主题为"海绵城市"的社区公园,公园也就是两万多平方米,但绿化率达百分之七十以上。公园以三个大的微地形坡地、三个小广场、一个风雨廊、一个小树林、一座凉亭和一座小型几何形体的建筑构成。透水材料铺装的道路分割了空间,联通了各个节点。这个园子环道宜慢

第一篇 山河风景

跑，曲径宜散步，草坪宜孩子们飞奔。树林子和大榕树下宜坐宜卧，连廊下宜聚宜聊。那几个小小的广场分工明确：奶奶爷爷领孩子玩的，保姆推婴儿遛弯的、相聚的，小学生游戏的，在场地上清清楚楚。园子一角的蓝房子是"社区居民园艺学院"，园艺作品拥抱着这座蓝色的建筑。说这是"学院"，其实就是园艺师做示范讲座的地方。蓝房子的周围菖蒲黄、三角梅红、朱蕉靓、芒草密，都生长在几个示范的"海绵城市"的雨水收集池边。全园树高草低，视野通透。地形起伏逶迤，平缓顺滑；建筑风格突出，中西皆具；园路或直或曲，或隐或现。小小公园大大方方，自自然然。谁说小空间做不出大气的景象来，这就是深圳的"景蜜社区公园"！

  城市的社区公园从出生开始就和城市结了缘，谁都离不开谁了。"小棉袄"材料、款式，新了又新，但总是轻暖不漏风，切心的人文关怀如初。城市"口袋"里装的东西换了又换，一茬接一茬，但装进城市的发展气象，装进人民的幸福感、获得感是永远的使命！永远是市民的贴身"口袋"！一座城，当绿色景致没有盲区、没有空白、没有死角、没有背面的时候，这个城市就是真正意义上的"花园城市"。城市的社区公园，抑或叫"口袋花园"，就能以最大的空间，让绿色滋润民生，让绿色生活浸满幸福，这才是城市建设的千年大计，这才是老百姓的"不漏风的小棉袄，贴身的口袋"，这才是市民健康的"底牌"！

玩着长大

孩子是玩大的,健康的孩子都爱玩,任何地方孩子们都能找到玩的东西,孩子们心里想的是什么大人永远不可猜测,除非他想让你知道。

我小时候生活在农村,不知道什么叫玩具,不知道玩儿还要专业设施,也不知道哪里是我们这些衣衫褴褛的孩子们玩的地方;但是我们依旧在玩儿里度过了各自的快乐童年。

乡里修公路了,边坡很长很高,路边堆的虚土便成了如我一样大孩子们的游戏场。从坡顶一路滑下去,风在耳边吹,土块在屁股下颠,滑到坡底,再气喘吁吁地爬到坡顶,再滑下去,一直玩到天黑。回到家里,一身土,屁股上两个大洞,还有被妈妈打的几个红手印子;但仍然计划明天下学后去溜坡,比快、比多、比长,争个第一第二的就值了。

秋天到了,地里的玉米抱穗了,蛐蛐也就会叫了。把几个月前下雨时和泥做的藏在炕洞里的泥罐罐掏出来,背在粗布缝制的书包里,下了学就忙活了。老墙根儿下的碎瓦破砖里翻,地边草丛的土洞里掏,场边乘凉的石头下捅,总之哪里有蛐蛐叫,哪里就不得安宁。罐罐里装着全眉全箭的蛐蛐。南瓜花、

第一篇　山河风景

小葱叶，从家里偷出来的核桃仁，一点一点地喂我的"将军"蛐蛐，过一会儿我们几个就要在场边开斗了。撩拨激励自己蛐蛐的毛毛草尖儿选好了，只等一搏。胜负乃"斗蛐蛐"之常，但也因此推倒过人家的土墙，踩坏过人家的菜苗，甚至罐罐也被家里大人摔了；但美丽的自然之神，勇猛精进的蛐蛐之神却永远在心里"唧唧"地歌唱。

冬天里，在打麦场上扫开一片雪，开始"打尜"，这是有规矩的。把一段木头削成球形或者橄榄形，这就是"尜"。在地上挖一个小坑，把尜放在小坑里，尜的后侧支一个小棍，别在尜的下面，用一支木棒子猛击小棍，尜就跳起来，迅速用棍子把腾空的尜朝远处打，越远越好。玩的时候小伙伴们分成两队，一队打尜，一队的一名队员张口"喝速"（发出连续的声音，不换气地跑）去追那个打远了的尜，并把尜捡回来，换了气，断了声，就算输了，下一轮继续"喝速"，直到不断气地把尜捡回来，才获得了打尜的权利。在雪地里喊着跑着可不是轻松的事，常常是上气不接下气，摔了跤，一身雪泥，挣个让别人跑的权利。一直玩到天黑，看不见尜的位置时才带着冻红的脸、冒着热气的头，一身雪泥回家。我因个子比较小，重心低，打尜时抽力大，打得准，常常赢，不像隔壁的来生，常常尜都跳起来了，他还瞄不准，抽空了，于是我们"不战而胜"，他就常常跑，我们给他取了个外号"来跑"。"打尜"让我们感受了规则的力量。

上中学后，冬雪的课间"斗鸡"成了热门游戏。一条腿盘起来，一条腿跳，用盘起来腿的膝盖碰撞，谁先倒了或者先放下了腿就算输。大个子的最沾光，可以"居高临下"，压着低个子的腿，有攻击优势；低个子的只好选"下盘"，找攻击点。有些耍赖的，老把腿张开套对方，把斗鸡变成"套鸡"，因而也就常常有"犯规"的争吵。课间十分钟，身上出点毛汗，冬雪的风就变得温和多了。长大后，有些同学发达了，我们还不服气，老用他曾经把"斗鸡变套鸡"来戏谑他，说他老用规则的边界"套人"。

快过年了，我们这些小伙伴天天盼着村里立秋千的门架，盼望着大人们把大车的木轮子平装在地上。门架秋千是荡的，大人可带孩子一起玩。大人踩在荡板上，孩子坐在荡板上，大人荡秋千，孩子在空中惊叫。最高手的荡秋千技术是能荡到比一丈多高的门架还要高。这个时候，看客的叫好声、孩子们的惊叫声响成一片，太过瘾了！水平装在地上的大车轮子上横捆了两个长木棍，木棍的梢头挂着秋千的吊板，孩子在吊板上坐好，大人就开始推着轮子转。大车轮越转越快，秋千板上的孩子头晕了，眼看周围的人都成花的了，但转轮子的大小伙子就是给你不停下来，直到你喊着"叔叔饶了我吧"才停手。玩轮子秋千次次都晕，但每次大家都争着坐。和大人一起玩，既不操心回家挨揍，也不怕摔了没人管，大胆地玩，开心地喊。玩儿结束了，回家吃年夜饭，那叫一个美，于是就更加盼望过年了。

中年后，我开始从事环境设计的工作，常常遇到做社区公园或者儿童公园的活儿，每每这时儿时游戏的感觉就涌上心头。那时候就找新鲜新奇的事儿，就找好玩儿的地方，就找能和自己玩到一起的同伴，就找那些既痛快又有些冒险的活儿，就找能体验

第一篇 山河风景

到速度的游乐。给孩子们设置一些能勾起他们无限乐趣的设施设备和规则就成了设计师的必修课。

在深圳看过几个有创意的儿童活动场地：

"溜坡"。在空地上做了一个"大土堆"，不过这个土堆是混凝土堆成的，表面用黄土色小的长条形瓷片做表面铺贴。孩子们助跑，加速度冲上两米高的坡顶，坐在滑雪用的塑料板上滑下。跃跃欲试地冲坡，干干净净地溜坡，高高兴兴地摔跤，很有点高坡溜土的劲儿，但却少了土味儿。

"滑行"。一个圆形的下沉广场，广场也就是一二百平方米大。广场用镜面的抛光石材铺贴，逼似冰面效果。孩子们穿着硬板鞋在"冰面"上尽情地滑，摔跤不是事，但人多滑不利索是个事，不过孩子们还是很开心。这里有冰之形，但少了冰之质，寒冷冰冻才是正道。

"跳方"。人工造就了高下四个平面，每个平面都不规则地摆了方形的石材，高低错落，凹凸自由。在四个平面的几个点上栽了几株花树。孩子们跳上跳下，高蹿低爬，玩一会儿就是一身汗和一脸红潮。这里不像我们小时候，在地上用土疙瘩画出方格，轮流跳方，比多比快。

"攀爬"。中间一根钢柱，钢柱四个方向斜拉尼龙绳网，"纲举目张"。孩子们就在绳网上攀爬，费力气但又刺激，攀到钢柱顶部的时候就满心的成就感；但和我们在沟里抓着葛条（一种攀爬植物）、脚蹬着岩石或者土脚窝向崖顶爬的感觉差远了。这里爬只是累，哪比得上在陡坡上攀爬，哪比得上爬树，那才叫"惊心动魄"！

"林下"。高耸的树木，成片地直立着。林下硬化沙土铺地，少量的几块木板栈台和塑胶平台，孩子们的游戏器械就安装在这里。荡秋千、过索道、玩跷跷板、过木桥，游戏项目比较传统，但这儿是林下，器材一律的木质，场景暖意融融，厚实淳朴，树影婆娑，给孩子们一个自然的氛围，正像我小时候在山坡的游乐，留下印象更多的是树草的绿色和昆虫的歌唱。

"耍水"。在广场的一边，溜坡"土堆"的一侧，制作者有意地做了几个平缓的凹地，低洼处积满了水。水很浅，没有岸，没有人为的边界，活似草地上的水潭。孩子们就在这浅浅的水潭里奔跑，互相撩水，疯玩儿。玩过了，一身湿，一脸笑。这几个水潭都是用瓷片铺贴的，而且防滑，和我们小时候不一样。我们那时候，雨后平场上积了水的时候我们可找到了玩的地方。蹚水、撩水、掏渠、和泥，能玩的太多了，玩儿后，一身湿，一身泥，一脸泥花。

现在城市的儿童活动场地大都是组合器械，用现代材料。不锈钢做成的溜溜板，光亮、顺滑、干净、安全，但总觉得野味不足，感觉平淡。用尼龙绳编织的爬网，网眼规律，抓手牢靠，绳网结实，但少了点险劲儿，没有爬藤蔓要"眼观六路，脚踩八方"有玩头。结实平滑的水底，刚刚漫过膝盖的水深，干净透明的水质，在里面玩儿，那不叫"蹚水"，哪有深一脚、浅一脚、滑一跤、喝一口的水有活力，有冒险的刺激。二十来平方米的方形沙坑，干干净净的白沙，堆不出孩子心中的"奥特曼"，挖不出孩子心中的"无底洞"。玩的东西太洋气，少了土气，难接地气。玩儿的地方太"城市"，找不到"自然"，体验不到"艰辛"。孩子们一眼就看见器械或者场地的情况，没有"未知"，何来的想象，何来的创造！

给孩子们做玩的东西，得回到孩子的初心，给他们泥土、风雨、山岭；给他们草地、林木、流水；给他们猫狗、禽鸟、游鱼、昆虫；给他们再多一点冒险的机会，再多一点"没有胜算"的空间，再多一点没有爷爷奶奶爸爸妈妈"保驾护航"的空间；给他们再多一点能全面调动身体、智力、情感的成长游戏，生命游戏！

绿化　绿化　还是绿化

　　绿化，是一个妇孺皆知的事情，为了防风治沙栽植防护林，为了道路美观并且减噪、滞尘、调温、调湿、杀菌，要种植行道树和绿廊，公园要大量配置植物，树林、草地就是公园的"脸面"，五柳先生归园田居时都是"榆柳荫后檐，桃李罗堂前"。不管你的景观空间里有多么精美时尚的廊坊轩榭，亭台楼阁，也不管你在公共空间里设置了多么有创意的阶地、长廊抑或从西方搬来的各种构造物，没有"绿"就谈不上"美"。做景观创意设计多年，仔细想想，小广场完工了，廊亭立起来了，道路铺装好了，最后的绿化就像孔雀丰满了多彩的羽毛，虎兕披上了个性的毛皮，有了丰美的植物花卉就有生态品质了，那些硬质的景观设置也就活起来了。因此说回到景观设计的初心：绿化、绿化，还是绿化。

　　城市绿化的"绿"，自然指的是植物的栽植；但又不是一般意义上的栽植，而是提升生态品质、融入人文关怀、体现公共空间美学价值、彰显城市个性风貌、提升城市"温度"的综合工程。在气候寒冷、土地贫瘠的西北某些城市，让大地绿起来是一件非常困难但又非常重要的事；而在中国的南方，绿起来容易，

第一篇 山河风景

但要使栽植有综合效应是更难的一件事。比如深圳的公园,无论是大型的市民公园,还是街区的"口袋"公园,都有各种形式的草坪:有的是依山坡而建的、密林环绕的开放式草坪;有的是大草坪中点缀观赏林木组群;有的是模拟"稀树草原"的形态。总之,树高大、形体美、开花明艳的"高树"建群于草坪的四周、或者边际、或者占角,被简称为"高树低草",中层不栽植灌木,草地视线通透,草坪远边往往是秀成堆的密林。明暗变化,疏密有致,浓淡相宜。低低的山,密密的林,宽宽敞敞的草坪,一对情侣坐在草地中央的两棵木棉树下,木棉落下的红花散落在他们的身边,这片草地就是一首缠绵的爱情诗篇。草地的一边,几个绕着铺在草坪上的彩色的"地毯"奔跑的小孩儿,追逐的嬉笑声和席地而坐的大人的笑声从十几棵榄仁树下隐隐传过来,这片草地就是一段幸福生活的抒情小品文。还有那些周日在公园里开展"团建"活动的年轻人,短短的横幅上写着"我们属于阳光",阳光里又有了青春的火热,这片草坪就成了一部节奏明快的青春圆舞曲,那些牵着手蹒跚而行的白发老人和那些坐着轮椅的老者,在草坪的小径上任清风吹拂和暖阳普照。城市的草坪给人们的眼睛、心理、精神、情绪造就了一种氛围,补偿了人们城市生活的缺。在西安,城市建筑密度太大,假日里驱车郊外,寻找那可以放置心灵的地方,于是草坪也成了最时尚的享受了。放风筝、远足、家人朋友聚会活动,尤其是近年来的远郊露营成了热门,北方人的草坪也是"大绿大美"了。现代城市的众多小树林,各色多样的草坪,道路林荫,那就是这个城市的"厚道和善良"。

  城市绿化的"绿",讲究覆盖率,讲求生态性,讲究植物之间的掩映衬托,讲究韵律和节奏的均衡,讲究分层和立体效果,讲究季相的色彩搭配。更讲究文化性主题,不管是小区绿化,道路绿化,厂区绿化,街道绿化,都不是简单的种树配置,都要求有设计思想、概念方案、种植论证,尤其是房地产项目,更是对景观品质提出了"国际化、现代化、艺术化、个性化"的要求,以提升市场的关注度。回到本原上,就是要让城市"绿"起来、美起来,城市绿化的需求趋势催生了"绿化"品质的提升和多样性、个性化的要求。这就给设计人提出了研究的要求,要给社会回答"什么才是城市绿化美"的问题。"高树低草通透美""高大浓密厚""四季常绿,四季有花""花开一座城",如此等等,大都是政府指导的概念原则,见仁见智,各有千秋。但归根结底还是植物本身的表现力。多年来,有一句话说"树是长出来的景观",从根本上说清了植物景观的设计原则。当我们配置植物时首先要琢磨的是植物的适生性和生长状态,而且这些都是动态的,不断变化的或者人力干预下的表现力。南方的木棉树,高大挺立,被称为"英雄树",伟岸中透出的温和,红花里透出的大气,一副豪杰的姿态,常常被用作行道树;但其花期短,落叶期长,"英雄"无法"一世",春节过后就是半年"平庸"。小叶榄仁,主干直立,分支轮生,层次分明,小叶疏朗,曾经是城市绿化的"宠儿";但是属落叶和半落叶树种,用作行道树是苦了公共卫生的管理人,几乎天天扫落叶。大花紫薇,紫色的花,成簇成絮,盛

第一篇　山河风景

花期人见人爱，可过了花期大大长长的叶片"有气无力"地垂着，放在显眼处就有些败兴。北方的各色梅花，无论从花色的洁白、绯红、艳红、嫩黄给人的文化暗示，还是一种"凌雪怒放"的精神隐喻都是"极品级"，但过了初春，一年都是无法"显山露水"的。青桐，一身翠绿，满冠青葱，有人用作行道树，树下停放的汽车，或者路过的行人，要是被树上落下的黑漆漆的油状液汁砸中，那可真是"倒霉"。桂花在长江中下游栽植，但长势和状态迥然不同；香樟在长江流域就比珠江流域表现得好。植物不是有意不做"花魁"，盛衰相成，本性使然，彰显植物成长中优秀的表现力，要靠种树人把握，合适的地方，栽合适的树；合适的时候，选合适的种。设计者就是要将各种树木、花草在全生命周期多样化的美丽呈现给人，把生物的生态能量发挥得淋漓尽致。

依据"物竞天择，适者生存"的进化思想，合理地自然建群，科学地分配阳光，相生相克的病虫害防治，的确是绿化的一大要事。纯种树林，动辄几千亩，大则大矣，但一旦病虫害发生，那就一败涂地。小小的天牛虫就能毁掉几百千米的防护林，区区线虫，就能让万亩松林变成干柴。混交杂种对病虫害的防治就要好得多。北方讲究在林中种植楝子树，是因为它是招鸟树；村中讲究种臭椿树，因为它能吸收烟毒。现时，有很多城市绿化想要达成大绿、大美、大花的大格局绿化景观，往往单纯种植一种树木，动不动就"百里桂花，千亩银杏""樱花一条沟"等，在实施这种绿化要求时，当慎之又慎，最好自然建群，多种多样，形态各异，色彩斑斓。"万紫千红总是春"，既有"枝叶扶疏"

也有"繁茂成荫";既有"野芳发而幽香,佳木秀而繁阴",也有"初生雪满枝,蜂蝶带花移"。植物是次第生长、共生共存的,绿化设计向自然学习是永远不会错的。

绿化更重要的是"化",这个"化"要求"率",覆盖率高,绿地面积广,湿地品质好;也要求生物的多样性,乔灌草藤,蕨藻苔藓等。现在"立体绿化""垂直绿化""水下森林"也是时尚的做法,政府为了鼓励市民屋顶绿化,甚至按平方米给予补贴。前几年和治水专家讨教过"水面绿化是不是绿化等问题"。水面绿化应该就是绿化的范畴,而且是重要的绿化项目。河湖众多地区的稻田、荷塘、垛田、芦苇荡对于改善地区的气候湿润都有很大的作用,湿地的各种水草和灌木对于提高水质和缓和气候都是很重要的条件,这时绿化的意义是双重的,多元的。有些城市为了制造景观建设了超大的水面,声称有多少个西湖那么大,结果是库底渗漏,水面蒸发,消耗了大量的水资源,即使是种了滨水、挺水、沉水植物,其面积较之大水面也少得可怜,何谈水面绿化。自然的湖泊、河流、池沼那是和自然相协调的存在;人工水库那是调蓄灌溉的需要;而人工有意制造大水面的做法就值得商榷了。总之刻意制造大水面不如建设和保护湿地,应该是"绿"的"化"才对。

塞罕坝绿了,毛乌素沙地绿了,河西走廊绿了,祖国的平原、河流、荒山都绿了;城市的边边角角都绿了,乡村田野村落绿了,家乡也绿了,到处的景观都是绿化的精品。绿化,绿化,还是绿化。

第一篇　山河风景

永驻在心中的责任

刘勰在《文心雕龙·情采》篇中"文质相附，饰而不诬"的文论主张，鲜明地论证了内容和形式统一的关系。环境景观的创意设计者对情感、社会、历史内容与景观外在形式相统一的景观设计思想也已经成为共识；而"人"作为环境景观的审美主体，带着内在的文化意识、价值取向来感受环境景观，也是毋庸置疑的常识，但这些论述我们只有在"行万里路"后才能体会其真谛。

一

学生时，读王维的《使至塞上》中"大漠孤烟直，长河落日圆"句子时，就憧憬过在"归雁入胡天"的季节，到王维写诗的额济纳旗体验体验边陲大漠的雄浑壮丽，可是直到年已古稀也没能如愿；但我因采集硅化木的机会两次去了敦煌阳关的烽燧遗址。一望无际的戈壁荒漠，一段残破的夯土长城，一处突兀的高地，一座大部分已经坍塌的烽火台，一坡散乱生长的骆驼刺，一场携带着飞沙的风，这就是"阳关"遗址的景观。给人的第一印象就是荒凉、破败。两次都是和朋友驱车去的，景象着实单调，色调过于单一,但是并没有"凄凉"的感受。坐在烽燧阴影的沙砾上,回味王维把自己出汉塞比作"蓬"的来由。西部干旱的沙漠地带"春风不度玉门关",到处长着一种"蓬草",就是"骆驼刺",其耐干旱、低矮、多分枝、根浅,到了秋冬季节,干枯的蓬草就被大漠的风吹得打滚,一棵草据说能滚几百千米,难怪把这次去居延比作"征蓬出汉塞",现在理解"大漠孤烟直,长河落日圆"在诗人的笔下不是雄浑壮丽而是寂寞孤单,凄苦悲凉。也难怪他在《送元二使安西》中说"西出阳关无故人",他对这里景象的感受是渗透了被贬斥后痛苦的经历。封建社会,文人志士大都命运多舛,唐代的大量边塞诗作都借边塞荒凉的物象传达了这种"凄凉悲苦"之情。血红的夕阳在大漠的地平线上抖动,再看阳关烽燧时一种壮丽的凄美、雄浑的悲凉油然而生。任何景象离开了历史人文"美",它的分量就变得轻薄。

二

前几年在沿黄公路交旅融合项目考察时我到了榆林市的镇北台。镇北台是长城奇观之一,是长城三大要塞建筑中体量最大的。这次来,镇北台已经修葺一新,只是坍塌的顶层中央的瞭望台还没有建成。东侧的"款贡城"和西侧的"易马城"也已经修复了。十年前来这里的确是"千山远向云霄列,一水还从沙漠来",北望毛乌素沙地天地一样的浑黄,沙尘弥漫。今天北望,长城依然逶迤,碧野中昔日金沙成了点缀,红石峡水库粼粼波光,绿荫重重,这是感谢榆林人民治沙造林的奇迹,是我们这个

第一篇　山河风景

时代对民族历史的尊重。有长城"一块坚硬脊椎骨"之称的镇北台，青砖包砌，台阶曲折而上，各层垛口四围，顶部视野辽阔，真是瞭望榆林这个处在防御北方胡人南下第一防线的绝佳去处。下得台来，台的下方有款贡城，为蒙汉官员议事和交流的场所，在这里接受纳贡，举行仪式。款贡城现在也只是方形围墙中的一块长满青草的不十分平整的空地。离台不到一千米有易马城，那倒是一处值得看的地方。可以想象，砖围墙，木栅栏，胡人、汉人、掮客，来自蒙古草原的牛马驼羊、各色毛皮，周边卖货的摊子、卖食物的挑子，交谈声、叫卖声、吆喝声交织一片，就在这大漠之上，大河之畔，蓝天之下，镇北台的威严之中，繁盛而祥和，就如清人杨蕴感慨的："关门直向大荒开，日日牛羊作市来。"那是一种什么样的景观感受！历史学家翦伯赞在《内蒙访古》中说这些城堡关城在民族关系紧张时期是一个战场，而在民族关系缓和时期则是一个重要的文化交流驿站，甚至在战争时期，也不能完全阻止这些文化交流。易马城曾经的景观空间载体中静态的荒凉、单调的环境和动态的热闹繁盛场景共同构成了景观的本质内蕴。

  这又让我想起了茅盾先生在《风景谈》里描绘的一处风景："你忽然抬头看见高高的山壁上有几个天然的石洞，三层楼的亭子间似的，一对人儿促膝而谈，只从剪发样式不同，你方能辨认出一个是女的，他们被雨赶到了那里，大概聊天也聊够了，现在是摊开一本札记簿，头凑在一起，一同在看，——试想一想，这样一个场面到了你眼前时，总该和在什么公园里看见了长椅上有一对儿在偎依低语，颇有点味儿不同罢！如果在公园里你一眼瞥见，首先会是'这里有一对恋人'，那么此时此地，倒是先感觉到那样一个沉闷的雨天，寂寞的荒山，原始的石洞，安上这么两个人，是一个'奇迹'，使大自然顿时生色！"茅盾先生确立了抗战时期陕甘宁边区的抗日军民"依然是风景的构成者""人类的高贵精神的辐射，填补了自然界的贫乏，增添了景色，形式的和内容的。人创造了第二自然"。

这里的"场景"也罢，"景象"也罢，"风景"也罢，"景观"也罢，总是和空间中"动态因素"密不可分，没有了人的高尚精神活动参与的景观，其"美"的活力就无从评估了。

三

人生都有一次最大的幸运，于我来说就是1998年我去了西沙永兴岛。那个时候吕远先生作曲的歌"在那美丽富饶的西沙岛上，是我祖祖辈辈生长的地方，汗水洒满座座岛屿，古老的家乡繁荣兴旺，西沙……祖国的宝岛，我可爱的家乡"，唱响了中国大地，"西沙是我们的家乡"深深烙在我们的心中。海南旅游考察团搭乘琼沙一号船从文昌清澜港出发前往西沙永兴岛。海上的夕阳分外耀眼，站在船头的绞锚机旁，南海晚霞把半个身子都染红了。这时夕阳在大海的尽头，我们站立在西沙给养轮船的船头，而这条船是周恩来总理亲自审批给西沙的。眼前是祖国南海广袤无际的波涛，我们只是在机器的轰响中向那已经变得模糊的弧线中点前进，心中默默重复着"西沙，祖国的

第一篇 山河风景

宝岛,我们来了",多深情的呼唤,多伟大的人生经历!大部分团员都晕船,吐得天不是天,地不是地,我还不错,始终没有晕船,又是一次幸运。第二天黎明时,早早来到甲板上,要第一眼看到西沙永兴岛的海岸。

天已经大亮,海平面上一座航标塔一点一点地在海面上升起来,越来越大,越来越清晰了,这时清楚地看见了永兴岛的岸线。突然,一个高高的独立的碑墙出现在我们的眼前,再近一些,清楚地看见端庄的碑墙上庑殿顶琉璃瓦的金光,鲜亮的色彩绘图,仔细看是祖国的南海诸岛地图。永兴岛,祖国最南端的大岛,这时已不是在眼前,而是走进你的心里,因为我看见几个考察团的女团员眼里噙着的泪花在朝阳里闪动,这动人心弦的瞬间永远地印在我的记忆里。

在永兴岛考察只有五天时间,让人看不够的是七彩的海,纯白色的沙滩,高大摇曳的百年椰子树,秀丽的马凤桐,不怕人的海鸟,漂亮得让人不忍心下箸的鱼,千姿百态的珊瑚礁。西沙纯净的天空,清澈的水,透着油光的绿,就像是假的,是世界上顶级画师的笔也描摹不出的;然而,使我最难以忘却的是几处关于祖国的景观画面。

在离填海建设的机场不远处,一片椰林的合围里有一块不大的菜地,是驻岛官兵的一个蔬菜生产基地,这岛上宁可请你吃顿海鲜大餐,也舍不得让你喝顿菜粥。我们经过的时候,十几个战士正在那里整理菜畦。他们见我们走过来都停下手里的活儿,站直了身子,笑着看着我们。我们走远了,他们才又弯下身子干活儿。带队的同志给我们说，这些战士有的可能入伍三年连一次岛都没出过，见个生人很不容易。回头再看看他们整过的田地，横竖垂直，菜畦长短大小一致，地中的菜苗株距行距统一，像部队阅兵似的；土坎培的土都压得平展结实，四棱见线，一下子让人想起兵营宿舍里可以用直尺测量的被褥。这么茂密的椰子林，这么整齐的菜地，这么严谨的作风，这么友爱的笑脸，这么让人不能忘怀的守卫祖国海疆的士兵，这么寓意深沉的景观。

　　石岛，在永兴主岛的西边，和主岛用一条海堤相连，是一个很大的礁盘。沿着礁石往下小心地探着走，成群的青蟹就在你的脚下张牙舞爪，一堆突出的眼睛望着你这个不速之客，"别紧张，我们是一家人"，不知谁说了这句话，大家就一起笑起来，笑声中透出了一种共同的情愫。走在长堤上，脚下的海水里红色的、绿色的、白色的珊瑚像海草一样在澄清的水里随着细细的浪飘着、摇着、浮着，一伸手就能把它们抓到手里似的。真有一个女团员蹲下来，挽起袖子，想伸手去抓。带我们来的永兴岛管委会主任立刻说，"你抓不到，它在水下四十多米的海底""我们西沙海水的能见度是全世界最好的"，大伙儿都惊愕地伸出舌头。主任的话，平平常常，但我们都听出了自豪和自信，我也清清楚楚地看到了对祖国山河多情的画面。

　　不管谁上岛来都忘不了去看看海军收复西沙群岛纪念碑。这是一块用混凝土制成的纪念碑，正面朝向大海刻着"南海屏藩"四个大字。背面写着"海军收复西沙群岛纪念碑"，小字附加说明"中华民国三十五年十一月二十四日，张君然立"。我们站在

第一篇　山河风景

碑前，仔细琢磨，好一个"屏藩"，铿锵有力，振聋发聩，祖国的神圣领土寸土不让！眼前高大的树荫、西沙的土地、简单的碑文，耳边呼啸的海风、惊天的涛声，心里激荡的解放全中国的呐喊，飘扬的五星红旗共同构成了一个内涵丰厚的时代景观。我们在碑前庄严地合了影，把纪念碑排在队伍的正中间。

在西沙的五天感动于祖国海疆的博大，感动于西沙风光的壮美，更感动于人民热爱祖国的拳拳赤子之心！离开西沙永兴岛时，我们集体在绘制着南海诸岛图的碑墙前向祖国的南海行礼！西沙的五天，在我的心中刻下了壮丽海天的景象，刻下了美丽海岛的画面，更刻下了、融进了中华儿女爱祖国爱江山爱生活的多情的景观！

给甲方汇报景观项目方案的次数已经完全记不清了，但每次汇报完成我总想一个问题：我们的作品里"人"在什么地方，作品中"人"的民族情感是否融合于作品的艺术构成中。我常常也想以"旁观者的角度"批评自己作品的"内容和形式的融合度"，但每每都被某些利益诱惑而跳不出来，方案被甲方接受是"硬道理"。说一些迎合甲方的话，炫一些华丽的文辞，瑄几句"如日中天"的概念，是常有的事。该项目的社会功能、文化艺术品位，给项目的使用者何种社会的、文化的、艺术的、情感的感受，往往屈居"次位"。我们对"线条、形体、色彩、尺度、质地、光感的均衡、对称、比照、多样统一"的艺术形式热情有余，但对"情感、社会、历史的内涵美与景观外在美的辩证统一"不乏冷漠。站立在"古阳关"历史的投影里的时候，抚摸着

"镇北台"青砖残件的时候,赤着脚感受"西沙珊瑚"质感的时候……无数次的经历,让我们永远记住:文化意识、民族情感、责任担当永驻环境景观设计者的心中。

第一篇 山河风景

活水的情结

上初中的时候,每逢星期天或者寒暑假都要进山,割柴、挖菜或者摘野果子。小布袋装上妈妈烙的野菜饼子,腰上别着镰刀,捆着麻绳,穿着草鞋,就进了终南山的大峪。走完三千米平路后,就爬坡上岭,在沟里或者在山脊,找茅草茂盛的柴场或者有野菜的山坡、沟道。太阳一偏西,就得下山。背一程柴火,到一个山泉旁歇脚、吃馍。所谓"山泉",就是渗水的石缝下,滴水成了小水坑。水坑沙底细草,潭水清冽。躬下身子,趴在潭边,用嘴直接在潭中喝。不知道是人太渴了,还是水太纯了,那水确实是"有点甜",家里的井水就比不上这潭里的水好喝。我们对哪条山谷里、哪条路上有山泉太熟悉了,山泉水的清纯爽冽一生都不能忘怀。我们村子分两部分,一部分在坡上,一部分在坡下。坡上的井是泥筒子,坡下的井是砂石筒子。天干旱的时候,我们坡上的井水浅了,就到坡下的井里绞水。我们从井里用木桶绞上来,在桶没有落在井台上时舀一瓢水喝,叫作喝"无根水"。夏天烈日炎炎的时候,喝"无根水",尤其是坡下井里的"无根水",凉爽清甜,那个味道已经渗进了生命的深处,已经是家乡水的一个标签,够一生去回味和追忆。

50年前，因为父亲在宜昌工作，我去探亲。父亲的单位驻地在黄柏河西岸，我每天空闲时就坐在岸边看河。黄柏河，汤汤流水，滔滔远逝，帆影点点，号子声声。年轻的心中曾自问过，这条江的源头在哪里，那一定是山清水秀的地方，要不然河水怎会这样的清亮。2016年因项目考察，再到宜昌，去了一次夷陵樟树坪村林场的圈椅淌，所谓"淌"就是流水的高山湿地，樟树坪村湿地有四十八淌，现在叫"西塞国家湿地公园"，就是青年时梦想过的黄柏河的发源地。上了许多像"圈椅"的环形山，穿过许多原始森林，拥抱过六头（六个大分枝）以上的刺叶栎和"没皮没脸"的紫茎树，滑倒过多次，才到了"四十八淌"的一个淌。这里的"淌"是典型的特殊"高山森林沼泽湿地"，华中只有两个这种湿地，另一个在神农架的大九湖。在半环形的山上，花岗岩的"摞摞石"，茂密的层层森林的"圈椅"中，一大片高山草甸，茅草茂密，茅草中有许多湖北海棠树，看不见大的水面，当然也没有路，尽管有林场的同志带队，沿着淌边有人踩倒的草上走，仍然有不少人陷入泥潭，要几个人帮助才能使劲儿地拔出脚来，"出水才看两腿泥"，青色的，典型的"泥炭"基质。穿过这一淌也就一千米左右，但我们却用了一个多小时。走出淌后，在从淌里流出来的山溪里掬了几捧水喝，竟和家乡的山泉水一样的清冽爽甜，竟又一次锚牢了我的水情结。

"问渠那得清如许，为有源头活水来"，故乡的大峪河发源地就在大峪甘花溪，我曾经走近过，漫山遍野的柞树、青冈、板栗树，满坡的黄栌树、核桃树。"山高水高"是家乡的一句谚语，

第一篇　山河风景

不怕没有水，就怕没走到，我曾经熟悉的山泉就是在高岭的坡头。水是活水，从岩石里流出来；水是净水，是大自然创造的。圈椅淌，漫山遍野的刺叶栎、樟树、紫茎，满坡头的杜鹃、青冈、黄栌。高山中淌淌有湿地，淌淌湿地养清水，黄柏河的源头，它是宜昌人的福祉，山高"活水"长。森林草地涵养了水，自然底质蓄养了水，岩石沙层滤净了水，大自然用整个身躯给了人"清如许"的"活水"！

现在，城市大了，人口密集了，产业发达了，河流水岸工程渠化了，"水"也就成了养育城市的头等大事。城市管理者和科学家各尽所能，用"雨污分流"、污水处理厂提质扩容、"海绵城市"、"正本清源"等措施进行水环境综合治理。在巡查工地时，每每想起经验中关于"活水"的往事，"道法自然"的警语常常在耳边鸣响。

一条大河，西岸建了一条截污干管，污水通过干管进污水处理厂，治理后排放中水。中水属于劣Ⅴ类水，不能直接进河，于是在河边修建了一个湿地公园，中水经过立体人工湿地和地表径流进入大河。这是一个真正的公园，节假日游人众多。湿地种植的黄花美人蕉、芦苇，一畦又一畦，花田似海，绿浪如涛。栈道、栈桥和观景台穿行其间。站在栈台上整个公园尽收眼底；远望大河，水面宽阔，波澜不惊，时有白鹭翔集。湿地公园有一条小溪，蜿蜒曲折，绿树依依，水草青青。这条小溪流经三个水池，水池里种满睡莲，浮于莲叶和水光中的莲花，像满天里的星星，闪烁着彩色的光晕。河和池的连接中，有岛、有桥、有岸、有坪，各种树木的枝叶繁盛，鲜花芬芳。沿着弯曲的园路，步栈过桥，踩汀过河，风光宜人；但它是不是真正的湿地，出水的水质是检验的标准。据介绍，湿地的填料有砾石层、火山岩层、矿渣层、陶粒层等，这都是间隙过滤、微生物降解和生物膜的原理，是自然启示人类的知识；但我最关心的是人工立体湿地深度多大才能达到净化的效果。山泉流水经历了多少米岩石的间隙，石筒子井水又历经了多少层的微生物的降解，才有"活水清如许"。人工立体湿地的理论在实验室得到论证，在鲜活的各种场地条件下也得到论证；这个公园地表径流大约也就是一千米左右，三个有种植的水池总面积超不过五千平方米，能使水质有多大改变，也得有实践的数据。尝了一点入河口的水，仅仅是尝，有一点涩味，不敢喝。现在流行给污水中"下药"，用最原始的"品尝"方法去检验这里的水，显然是冒险的。

生态砾石床技术研究成果很多，十九世纪从英国起源到现在已经经历了一个多世纪。这种方法强化生态自然净化水质，是物理化学净化和生物化学净化的双层作用，这是人类向自然学习的伟大实践。在这个发达城市的水综合治理工程中，也有如是尝试。硬质河床上满铺了三十厘米厚、二百米长的砾石，让水平缓地流过砾石床。砾石床建成了，过水了，有一些水草也长出来了，指导抑或参观的人很多；但我最关心的还是现在河里的水污染程度如何，山泉可是山林涵养的雨水啊！山泉水是自然渗透，从渗入到渗出过程漫长。站在砾石床的岸边，看着水在砾石床面上的波纹闪动，浮想联翩，"水清石礧礧，沙白滩漫漫"，杜甫《白

第一篇　山河风景

沙渡》的诗句一次一次地告知自然的要义，水要清，就得几十、几百里的"石礧礧""滩漫漫"，才得"清如许"，才能如我家乡的山泉水和圈椅淌的山溪水，一样的"爽口清甜"。

几十年来，每每看到祖国西部三江源那广袤的湿地影视和图片，就会忆起我的"山泉""无根水""圈椅淌"，那无尽的"活水"就从心中流过。"清如许"的"活水"情结伴我一生。几十年来，每到一座城，第一安排就是看这座城市的水，而在看水时往往被一种忧虑困扰，看完水往往不是留恋水景之绮丽，而是对水的满腔敬畏。

谁的手？
一边牵着繁荣，
一边拉着萧索。
当湖河池沼，
不再流氤氲的泪，
不再吟清澈的诗，
你成了生命的奢侈，
生命沉沦为草芥，
昔日，灯红酒绿的街肆，
残凤鬼唱歌！
当雨雪雾霭，
徜徉在田野街头，
朦胧了山峦树林，

信手掬一把清透，

双脚蹚一路泥窝。

青草油绿了脚下无尽的路，

浓荫遮蔽了头顶酷热的光，

坊间市集滴水为酒，

苇塘溪流翔集飞鹤。

拉紧这双手，

盛满流觞，

恭立源头，

一曲敬流云，

一阕畏天和。

第二篇

悟性风景

第二篇 悟性风景

当绿成为"污染"的时候

华南的气候适宜植物的生长，树木一年不歇气地生长。北方二三十米高的大树，那是宝贝，而华南三十米以上的大树比比皆是。名贵树木大都出自华南。海南岛名木繁多，黄花梨、沉香木、紫檀、鸡翅木、铁力木、坡垒、楠木、乌木、罗望子树、油丹、青皮树、母生树、子京树……不可胜数。这些树大都有几十米高，冠形大，枝叶茂密。常见的榕树能够独木成林，非洲楝高大雄伟，重阳木秋色绯红，大王椰子树就像是海南的"旗帜"，椰子树是海南的"名片"，南洋楹硕大的冠可以覆盖上百平方米，从树下仰望那就是一片薄云……在北方一听"紫檀"这个名字，就会立即想到它昂贵的"身价"，在海南紫檀是常被作为行道树选择的。海南的观花大乔木众多，木棉、火凤凰、蓝花楹、火焰木、刺桐、苹婆树、风铃木、白兰树、腊肠树……无法说清楚有多少种。如果要论观花的灌木和地被，海南是它们的天堂，为所欲为，肆意张扬。我们在海南做景观项目时，业主方有时谐谑地说："我们这里是'绿色污染'。"一句玩笑话里有一个大道理。

1997年第一次去海南，在海口机场落地后就坐上车奔三亚，走东线高速。满脑子的南渡江、万泉河；大海、海岸、五指山、椰子林、槟榔林、稻田、蔗园、村落，心想，这次可是要好好看看祖国最南端大岛的热带风光。一路行驶，路侧各种大树和灌木遮住了眼睛，直到三亚酒店下车，才看见院子里的几株椰子树，很是失望。海南的"绿"似乎太浓了，太厚了，遮住了山，也遮住了水。

一次有机会到海南文昌东郊椰林，就绕了一段远路，想沿着海岸走，去看看南海的浪。谁知道路距离海还有一两千米远，走了两个小时硬是没看见大海，在层层绿色的屏障间隙，只隐隐约约地听见了海的涛声。要是在北方，一眼望去百里平畴，麦浪滚滚，村舍俨然，多惬意。当时就想，在海南做项目"绿色视野"是个大问题。

在海口的一个绿化品质很出名的小区住过一段时间，这个小区是海口市景观示范小区，名字是书画艺术大师题写的，建筑品质且不说，植物配置确实是下了大功夫、花了大价钱的。小区用东南亚热带风光创意设计环境景观，水景庭院、丛林温泉、美林运动场地，一派高档度假区的架势。我大致梳理了一下这里的植物品种，至少有500种，而且都是大规格的，全株全冠，一次成景的。三十米高的大王椰子树，地径四百毫米的大腹木棉，胸径三百毫米的印度木棉或者小叶榄仁，胸径二百多毫米的红花楹，胸径约二百毫米的风铃木……这些大规格的景观树木单种不是用十来计算的，各种都有成百个。鸡蛋花、琴叶榕、琴叶珊瑚、大叶龙船花，品种繁多。整个小区楼下的空间，除了道路，就是密不透风的绿植。种植确实豪华，甚至有些奢侈。刚住下时，在院

第二篇 悟性风景

子走动觉得很美，很靓，很有热带雨林的范儿。住过一周，每天在小区里走，慢慢地就感到不够明丽，有些"堵"；不够通畅，有些"闷"；不够有序，有些"乱"，而这三个字却是景观大忌。在这里住得越长，在这里走得越多，"绿色"给人的印象就有些"越来越重"。海边渔民的村落常常和海还有一段距离，避风沙、远浪声、缓环境之压；深山的山民把家安在坝子上，防水淹、防滑坡、图眼宽；热带雨林地区，人常常住阳光好的空地，避阴湿、求风畅、谋敞亮。海南项目的植物景观怎样使人宜居、安居、易居、乐居、艺居，确实是个大问题。眼下这个小区，植物得做一些减法了，否则还真有点儿"污染"了。

海口西海岸公园，历史上是长满了木麻黄的沙滩，后来海滩上修了滨海大道，大道靠海的一边建立公园，配置了许多景观树木和灌草。防风的植物稀了，大风就把沙子运到了滨海路以外的地方了；植物栽密了，滨海路上又看不见海了，"透海见蓝"就实现不了了。海滩自然属性的改变使景观植物配置陷入两难之中。西海岸公园长几千米，哪些地方该密，防风防浪；哪些地方该疏，透海见蓝；哪些植物根深本固，护岸保堤；哪些植物根密多节，稳沙涵水，这都得下功夫研究，使海南的植物景观功能性、生态性、观赏性都得到表现，核心的一条"海南不怕不绿，就怕乱绿"。海南的绿色景观看来"加减"是要混合运算的。

在环岛旅游路的文昌段，也是南海在海南岛东岸最美的一段。风平浪静时，海面像一条条白色的波线编织起来的一样，细浪轻柔的歌唱旋律很能使人陶醉。海浪轻轻地抚摸着宽阔的沙滩，当然最忙的是寄居蟹和从防风林带里起飞的海鸟。旅游绿道距离海滩最近的也有七八百米，大部分都在防风林中。这时要看海，防风林是安全红线，不能疏，不能伐，而且还得成倍增加景观防风林带的厚度；但想要人看到蓝色的大海，就得在林中建立林梢空中栈道。高大茂密处，栈道上设休憩驿站，林子低矮处，设观海听涛台。人和大海、和浓绿就和谐共处了。我们称这种做法为：植物配置的乘法。

　　海口市的西海岸最美的风景在每当晚霞把海天染成绯红的时候，大轮船从霞光晕染的海平线驶来，像一团凝固的火焰向海峡深处平稳地移动，帆船训练基地快速运动的三角帆和海面上穿梭的海鸟让海天闪亮出绯红的亮点，午后在金色海岸等晚霞的人和晚霞融为一体成了西海岸的一道风景线。海口市东面虽不临海，可是南渡江填补了这片海的空白。考察南渡江流经海口市这一段绿化景观的时候，站在南渡江的大堤上，第一次看到了海口市的日出。当旭日跳出地平线的时候，朝霞在斑斑驳驳的薄云缝隙里，一绺一绺地撒在平缓的江面上。淡黄的、淡红的霞，使滩涂明暗忽翕，浓淡相宜；绿化带上却是晨阳斜照，叶下花底亮白色艳。"日出江花红胜火，春来江水绿如蓝"，白居易的优美诗句和眼前的景象迥异，这儿霞淡云水阔，绿荫落空明。因为南渡江即将入海，江面开阔，望眼浩渺，不逊海峡。大堤下滩涂大大小小，时断时连，这些滩涂就像是一串串翠绿的珍珠挂在江堤上。江堤的另一侧是绿植景观带，景观带的外侧是沿江大道。绿化带有些秀气，树木稍稍稀疏。当时就觉得，江堤是分数线，滩涂是分子，绿化带当分母，我们在日出的丹霞里做一次除法，求一个合理的分数值。绿化带做到"百般红紫斗芳菲"，就"回望绣成堆"；滩涂绿植"满园深浅色，照在绿波中"，关键是保护滩涂湿地，水草、灌木、小乔木，讲究俯瞰效果。将绿量的分数值想象为黄金分割点。

  海南绿化景观的"加减乘除"，用心的是大小、多少、高低、远近的尺度把控；用心的是浓淡、明暗、疏密、藏露的艺术创意。

盘子的功能

　　韩城梁山太史公祠墓下建了一个豪气十足的广场,是司马祠景区的门户景观。广场中间是新立的十二米高的司马迁青铜雕像,雕像不知道采用的哪种司马迁像的版本,反正很高,站在下面也看不清楚,基座上刻着"司马迁"三个字,繁体的。依据《史记》故事创意的巨型雕塑在广场两边依次排列,这些雕塑用花岗岩做材料,高大雄伟,气势逼人。站在广场中央仰望太史祠依山而建的建筑群落,总觉得有些异样。"史笔昭世"的牌坊变得很小,梁山一侧的陡崖似乎低了,少了居高凌风的气势;清代整修的九十九级台阶的司马坡似乎缓了,少了点坎坷崎岖的味道;司马墓那"五子登科"青苍的柏树和巍峨的献殿也少了"高山仰止"的态势。穿过司马迁巨雕和帝王史典雕塑群的广场,再过宋代修建的芝川桥,拾阶再上司马祠,已经是腿酸腰累了。

　　自20世纪70年代第一次拜司马祠,迄今已经三次。第一次来的时候怀着崇敬的心瞻仰史圣,芝川石桥、太史公祠墓牌坊、司马坡的石阶、像蒙古包一样的墓冢、"五子登科"的侧柏,无一不激荡着一颗年轻的语文教师的崇敬之心;虽然墓祠不乏荒凉、沧桑和原始。这次来,景区格局大了,广场宏伟了,巨型雕

第二篇 悟性风景

塑群伫立了，现代感强劲了；但我为什么找不到"高山仰止，景行行止"的激情了。这次抚摸着那棵公元 310 年殷济"建石室，立碑树桓"、见证了 1700 年沧桑的古柏，却不能冲动于心。现代的祠墓景区空间扩大了好几倍，重豪气、洋气、霸气，我想此等"帝王陵式"的奢华是太史公所不能认同的。太史公在《报任安书》中说，"文王拘而演《周易》；仲尼厄而作《春秋》；屈原放逐，乃赋《离骚》；左丘失明，厥有《国语》；孙子膑脚，《兵法》修列；不韦迁蜀，世传《吕览》；韩非囚秦，《说难》《孤愤》；《诗》三百篇，大底圣贤发愤之所为作也"，他决意"通古今之变，成一家之言"，以著"史记"，"藏之名山，传之其人"，回想自己"以口语遇遭此祸，重为乡党所笑，以污辱先人"，自己"虽万被戮"，万世不悔。太史公祠墓的空间特质大致应该是一个"孤"字，一个"愤"字，一个"韧"字！这样想，我顿然明白了这个景区在空间组织上有些值得商榷的东西。

陕西老百姓居家待客讲究满盘子满碗，以显待客之诚心。红白喜事，摆酒设宴，什么"十二件子""八大碗""十三样"。这时吃的成分少了，仪式感强了；要是在五星级宾馆设宴那就更加讲究了。三两虾，八寸的盘子；一条一斤重的鱼，一尺二的盘子，刻花种种，那是看的不是吃的，讲究的不是菜品量的多少，而是盘子口径的大小，眼睛吃的是打荷的功夫。"盘子大了肉少了"。怎样让盘子呈上来的菜品既秀色可餐，又味美饱食，成为一个整体的作品。由此联想到现实中景观规划存在空间格局的尺度问题。宏大广场、超宽公路、摩天大楼，不管你空间的容量、空间的功能和空间的特质，只一味地讲求大，牛气冲天。正如前文所述，假如以司马祠墓为空间的核心、重心，祠和墓应成为游览的高潮；假如史圣的雕塑取义于《报任安书》的情感基调，展示史圣奋笔著《史记》的情景；假如群雕取材不限于《十二本纪》，而有优秀的"列传""世家"故事的展示；假如史圣雕塑能采用亲近"人"的尺度，使雕塑的体量、高度与主景的体量、高度比合理；使主题景区的主次、高低、远近、大小、长短的关系、节奏和序列能表达当时社会文化生态的伦理关系，能突出史圣的"孤愤"，那广场的文化构成就有了史实的情感传达了，司马祠的新老空间就成为一个主题凝练的整体了。

西安雁塔区有一个很小的公园，木塔寺遗址公园。公园一期南北长不过一百五十米，宽也就五六十米。所谓遗址，只有山门遗址和大殿基址及北部的几间窑洞式建筑。东西向有两个木塔遗址，木塔早已随岁月"灰飞烟灭"了。公园设有水池、长廊、大型莲花雕塑、唐诗走廊、人造残碑矩阵及示意性的木塔构架，告诉人们这是唐代木塔寺遗址。遗址保护利用是无可厚非的，但是公园设计也得和隋唐风格协调才对。公园夹在三个楼盘的缝隙里，总给人感觉建公园的目的是给楼盘销售做"噱头"，也同样有"盘子大肉少"的现象。收边道沿平石一律是宽四百毫米，厚二百毫米，长六百毫米的整石；矮栏杆一味地二百五十厘米见方，每一段长竟要一米二的整打石材，木廊架立柱要做到一百五十厘米乘以一百五十厘米的方木四根组成一根柱子，百米长廊百组立柱……人们不禁试问，材料的大尺度能表达出唐代文

第二篇 悟性风景

化的厚重吗？木塔寺在隋唐时可是个在坊里清秀自然、曲径通幽的去处，皇室的独孤氏在这儿拈香拜佛。现在这里的尺度俨然是大宫殿的势派。设计师谁都知道尺度是量化的景观准则，不管是定量、定比、定序还是定类，都是把"人"作为尺度参考标准的。

前几年，市政府有提升西安钟楼环境品质的意向，大家讨论铺装材料的选择，我建议上钟楼看看明代的地面铺装，参照一下。钟楼，单边三十五点五米的方形砖基座上的明代重檐三滴水建筑风格，各层都有藻井和相对应的地面铺装。三层内空间净高，边宽，柱子的位置、高度、圆径，窗墙比这些尺度的因素都决定了地面铺装的尺度。我们几个人也做了简单的测绘，其中它的地面是用四百毫米乘以四百毫米的压制冷凝方砖铺就，青泥色方砖密排，沉稳、厚实，和华丽的藻井形成对比，和整体建筑的形体协调，与长条形的木格门窗相对应。看了这个铺装，就觉得方砖大一点显匡，小一点就显拘束，深一点显重，淡一点显浮，这是恰到了好处，高人高手！于是就提出钟楼周边广场的铺装思路，分析解读钟楼内铺装的冷凝砖的成分，增加耐碾压的强度，尺度大于钟楼内的规格，以四百五十毫米见方为宜，城墙砖打格收边，厚度不小于十厘米。可惜不知道是因为太麻烦还是造价太高，这件事就没了下文。过了半年，在钟楼四角的广场上看到了方砖的铺装，但不是我们想的那样。

景观创意本为自然之道，文化之神，艺术之魂。假如把"道"变成"术"，那就近乎"巫"了。现时做景观规划的往往渲染大于理性论证，形体描绘多于尺度定位，导致"盘子用得不得体"的窘境，不能不说是一种缺憾！

景观也跟风

"跟风"的事很多，可以说是跟了一波又一波，波波赶潮头，波波顺水流。炒股跟、购房跟、出国跟、服饰跟、手机跟……有时尚就跟，有潮流就跟。有人认为这种"从众心理"驱使下的社会现象，是多元文化格局中主流文化引导力弱化后的"另类"文化凸显。有人认为盲目跟风、随大流，是缺乏独立思考能力的表现。有人认为跟风现象是"信仰缺失""思想浮躁"。总之，"跟风"大都是贬义的，这跟有些趋利目的跟风不无关系；那就应该多一份理性，多一份思考，提高判断力，学会把持方向，克服盲从。在环境景观的设计和建设中跟风也是常有的事，但是景观跟风也未必都是坏事。

"跟风格桑花"。格桑花，藏族文化的一种标志；但是终究是什么花谁也说不准。我们在勘察设计雪原天路的时候，创设了一个概念，要让高海拔的藏区天路上呈现"高原花海"。在拉萨租了几十亩土地，研究高原植物，试种高原的各色观花地被，诸如：短柄黄芪、金缕梅、狼毒花、波斯菊等，并且在高原的草籽成熟季采收花种。从拉萨回来的同事告诉我，格桑花不是一种花，藏民称各色的野花都叫格桑梅朵，是对"幸福"生活的期望和寄托。随着格桑花风潮的兴起，内地无论南方北方，高原平川，到处都种植被称为"格桑花"的波斯菊（秋英）。波斯菊，紫色的、粉红的、白色的花，它用柔美的舌吮吸清晨的露珠，才整日里娇美。波斯菊，修长的叶子，逸柔的枝，婀娜的茎干，圆形多瓣的花朵，在路边，那就是集合在草地上的一群既娇美又质朴的"村姑"，野趣盎然但又不乏精致。牡丹过于富贵，梅花有些清高，龙船有点闹腾，石竹似乎腼腆，人们看惯了常见的花，总想有一样花生性自由，无拘无束，雅俗一体，种植格桑花于是成了风潮，潮满大地。这跟风，不是浮躁，而是浮躁后的平静，是审美的新选择。

"跟风红豆杉"。在江西九江项目上去了一次武宁长水红豆杉村，这个村是林业改革示范村，这个村子因有红豆杉林而名扬国内，国家总理都来这里调研过。我们到这里的时候正是阳光炙热的中午，可走进千年红豆杉林，林下浓荫覆盖，山风习习，很是惬意。背靠在千年红豆杉树粗壮的褐色树干上，仰望层层叠叠羽状叶的硕大树冠，竟不见一点阳光。转过身来我们两个人合抱，勉强能环树拉手。红豆杉，高耸的体格，艳红的果子，褐色的树干，黄色的内皮，橘红的心材。可入药，提炼紫杉醇；可制作各种木质用具，结实耐用。这个村就是因广种红豆杉发展致富的。

陕西太白山清峰峡景区口的红豆杉也有一千多年的历史。西安有个曼地亚红豆杉种植基地，一两千亩地，我们曾给这里做过园区规划，领导给我们讲起红豆杉恰似"满天彩云飞，普世及时雨"，好得无法比拟。北方种，南方种；山里种，山外种；公司种，家里种。去朋友家里喝茶，朋友首先把自己的红豆杉盆景展示给你，如数家珍似的。红豆杉也着实"潮"了一个时期，跟风者风起云涌，似乎天下就剩一树"红豆杉"。红豆杉是我国的特有品种，可以提纯紫杉醇，紫杉醇以可以防治癌症为缘，在衣食无忧、健康为上的语境里成为"时尚"，应当也在情理之中。加之这种树耐寒、不畏贫瘠、四季常绿也是能够成一时气候的原因。

"跟风粉黛乱子"。有一个时期，景观设计中粉黛乱子草很火。北京有名的狼垡森林公园紫谷伊甸园、南苑森林湿地公园、官庄公园都以大施粉黛，歆享游客。上海粉黛乱子草景观也毫不逊色，顾村公园、嘉北郊野公园、彩虹湾公园也是柔红万亩，绯色十里。我们在做一条绿道的时候业主方再三叮嘱要种粉黛乱子草。粉黛乱子草，花期长，约三个月，逆袭了"花无百日红"的谶语。这种来自北美的暖季草，最适于大面积种植。春夏季节绿草纤细，柔嫩青绿，风吹来镜海细浪，涟漪荡漾；到了九十月大地就薄施粉黛，满眼红遍，红浪吞平野。那个时期，时尚的景观概念是：大格局，大线条，大色块，大意向，讲求规模的景观效果。"大地艺术""麦田图案"就是时尚，用植物构成有气势的，有规模感染力的景观也是一种"潮"。当人们的生活日益美好的时候，当小康社会的向往成为现实的时候，人对于环境的审美价值取向就必然有历史性的更新，对于环境的"大美"效应的心理需求旺盛，那么艾比湖的血色浪漫，额济纳旗的金色胡杨，泰州兴化的垛田花海都成为旅游热点也就是一种必然。"跟风"是因为有"强风"，强风生成必有优势条件，跟风有很多时候是自觉

第二篇 悟性风景

的，主动的。

"跟风丛生大乔木"。街头、园区、公园、绿地，我们习惯了独杆乔木的栽植，孤植、对植、列植、阵植，都是这样。南方树木品种繁多，选择性很高，长势良好，尤其是优势植物，更表现出色。而南方发达城市，人们已经不满足于现有的植物表现力，在城市更新、创新无限的思想意识驱使下，一种新的园林植物审美取向应运而生，那就是"丛生大乔木"的植物配置需求成了热点。二百毫米胸径的香樟树要三头以上的，玉蕊要五头以上的，乌桕树必须有四头以上才能入选，秋枫也必有多头，白兰必须四头起点十五米，丛生大乔木成了抢手货，更有甚者一树难求。四头的单枝胸径二百毫米、高五米以上、青葱的香樟树，矗立在现代风格的写字楼前，气质、风采、格调、档次给人的震撼程度超强。六头的玉蕊盛花季直接就是一团锦绣。三头的、五头的乌桕组成一群，秋季凉风中，那就是一团火焰。丛生大乔木的广泛应用，改变了人对植物的传统认知，契合了人们追求生活多样化、文化多元性的心态，受到市民的认同。南方栽植丛生大乔木成风，北方也跟风仿效。丛生茶条槭、丛生大叶女贞、丛生桂花树、多头油松，一时供应紧张，"项目不难找，苗木是难题"成了普遍困惑。"丛生大乔木栽植"的风潮，确实丰富了城市园林的植物语言，提升了植物景观的表现力，验证了现代城市审美的多元化趋势。

海洋的洋流是方向一定，规律性很强，相对稳定的，它是受风力、地球偏转力、海陆分布和海底地貌的控制，这是大流；然而在不同的海区就有不同的海风，有风就有潮，有潮就有浪，浪跟风行，风过后又复平静，以俟风潮又起，但洋流依然。自然如此，社会亦如此。秦人"尚黑""燕瘦环肥"。中华人民共和国成立后也有些"时尚风潮"，列宁装、中山装、旗袍烫发、布拉吉连衣裙、绿军装、宽裤腿、窄裤脚等，笔者亲眼见过学校门口老师拿着剪刀剪学生的裤脚，制止"奇装异服"。信息时代，网络平台，昨天在巴黎街头出现的时尚服饰，隔天就会出现在中国城市的街头。文化的多元，社会生活的多样，物质资源的丰富，经济活动的繁复，社会审美价值的更新产生多少、多大、多猛的"潮"都是必然的，有影响力和感召力的，都会"三江潮水急，五湖风浪涌"，终也有"风平浪静不生纹，水面浑如镜面新"。善待"跟风"，倡导"新风"，紧跟时代浩浩荡荡的社会潮流，走向昌盛的明天。

第二篇　悟性风景

无序之序

电视剧《解放》中有这样一个战争细节，在解放军取得了"锦州攻坚战""塔山阻击战""黑山阻击战"胜利之后，蒋介石的王牌军廖耀湘西进兵团只得向营口方向撤退，但又遭到解放军的阻击，欲回军沈阳。我军乘胜追击，廖耀湘已是惊弓之鸟。我军实施了迂回包抄、穿插分割、各个歼灭的战术。战场上敌我双方交错，一片"乱象"。用电视剧里的台词来说：师找不到旅，旅找不到团，团找不到营，营找不到连。东北军司令员说了一句话"找到廖耀湘就行"。在这种态势下七师二十一团三营八连二排在胡家窝棚发现了廖耀湘的指挥部，用手榴弹炸毁了敌指挥部的通信器材，捣毁了敌军的指挥部，加速了廖军团的覆灭，一排战士的壮烈牺牲，结束了一个战役。西方军事学者称之为"上帝之手"，我们说是辽沈战役的"神来之笔"。

这场"偶然"的机遇，在看似"无序"的战场发生，但稍加思考就会发现"无序之序"。序一：人民解放军攻克锦州，中央军委明确作战方略，就地歼灭廖耀湘兵团于野战之中。序二：这时的战斗就是要打乱敌人的防御部署，大胆穿插、渗透、分割。序三：国民党军队已经完全丧失了战争的主动权，一个攻击战两个阻击战的胜利已经使国民党军队丧失了斗志。尤其重要的"序",就是全国解放战争的大趋势给东北战场乃至胡家窝棚的战斗立了"总序"。

局部无"序"是表象,格局大"序"才为"序"。在复杂的系统中,存在着很多随机性和无序性这是客观事实。混沌理论及"蝴蝶效应",论证了"长期准确预测天气是不可能"的断言;乔治·帕里西因发现了物理系统中无序和波动的相互作用,而获得诺贝尔奖,成为从无序中发现有序、在复杂的材料中发现隐藏规律的大师。我们做环境景观策划创意的时候发现"无序之序",是引导我们思维方向和方法的有效思路。

交旅融合项目的规划设计从某种意义上可以说是"理序和建序"的工作。

陕西汉中南郑区旅游资源很丰富,龙头山、黎坪、南湖、红寺湖、圣水寺、山水油菜花、汉山镇、小南海大佛溶洞、高家岭罐罐窑、法镇二龙山、川陕革命根据地纪念馆、黄官黄酒小镇、青树坪特色小镇、牟家坝茶旅小镇等几十个优质旅游资源和有开发价值的"山水人文"基础;但是旅游产业增长值却不尽如人意,我们发现景区景点分布散乱,旅游组织接待能力级次凌乱,交通设施和流动通量匹配紊乱,旅游发展和交通配套混乱……就是"序"感不强。我们进入这个项目第一是"理序",在"无序"里发现"序",挖掘大"序",以现代产业发展的"总序"规划交通旅游融合的山脉线、河川线、湖景线,以"三横三纵"的交通联通度和服务设施的能力提升度为建设分期依据,组织交旅产业

第二篇 悟性风景

动态协调的"序列"。深切体会到交旅融合规划的实质是"理乱建序",要"找到廖耀湘",要发现那只扇动翅膀的"蝴蝶"。

对存在的"序"加以补偿和丰富也是对"序"的重建。

如我们实施的两栋别墅项目,新中式的三层建筑,大脊瓦四坡屋顶,全木质的高门条窗,加宽阳台,竖向线条十分鲜明。墙壁的外饰面材料和贴挂形式成了关键问题。怎样使这两栋建筑融合中西方外墙装饰的结合度,怎样使建筑的竖向线条更出彩,挑战性很强。我们首先在建筑外立面找"序",八个条窗均有三厘米厚的水泥外粉棱线,前后两幅大门均有双立柱雨棚,这都强化了竖线条的视觉效果,这是从建筑设计中确认的"序",这个大"序"决定了这两栋建筑的引领性视觉感受,这种感受就是沉稳中的死板单调,我们可以用贴挂面材的"无序"来丰富视觉体验,使建筑有灵动的气象。以三个色阶的赭石色冷凝文化砖为面材,渗透西班牙乡村的艺术品格,以七种大小不一的长方形规格湿贴拼合,用"无序"丰富门窗竖线的感官体验。施工时,技术员问我湿贴的要求,我只说了一句话:不能让人看出贴板子的规律,没有固定的模式就是我们的模式。也真难为了施工师傅,一天才能贴六个平方米,你这钱难挣。一个月后外立面完成,两栋建筑形体个性,色彩和谐,线条比照均衡,补偿丰富存在的"序"不失为一种对"序"的重建。

"序"的重建是强化"理序"的核心思维成果。

五年前我们在某一线城市和水环境综合治理部门的管理者有过一次很有意义的讨论,主题是:高度建成区水环境综合治理的目标。这座城市发展迅猛,城市产业和人口增长速度惊人,因而就产生了水的"给、排、泄、治"的"无序"情况。这个区七十几条河流只有一条基流不断,其他的大都"有河无水,有水是污水;有库必有泄,有泄必有渠,泄时是洪水,平时渠无水;雨污不分流,水厂多耗能。排水管道的断接、漏接、错接比比皆是。只要去河边,臭气必熏天"。这些"无序"的情况就是快速发展欠下的"债"。针对如此"乱象"我们提出了"力争恢复河流自然属性"的"重建水环境新秩序"的核心立足点。虽然让现实城市的河流恢复到自然属性已经不现实;但是在建立水环境"新秩序"的时候必须从终极处出发,这个终极处就是那个"廖耀湘"。工程中翻了三万个井盖,建立了七百千米的分流管道,实现了"雨污分流";建立了几千千米总长的建筑雨水立管,"正本清源",实现了雨水入河;导流了几千个入河总口,建立了几十千米的箱涵,生态补水,确保最低可接受流量,实现全面消黑;开辟了成百千米的明渠和箱涵,收集了两座大山的雨水,入库入河。基流补水,河水畅流,两岸"雨水花园"蓄、净、排,水清有鱼;河流滨水遍种水生植物,河底有"水下森林"。过去居民逃避河道,现在河道成了美景的街道,污水的河变成清流的水,从城市的"背面"走向了"正面"。一系列的举措都是为了"恢复河流的自然属性",虽然他们依然是渠化了的流水,但已有自净能力,"强身健体"了!

从认识"无序即是序"到"丰序补序",再到"理序建序"直至"总序立定,多序相谐",一条理性的规划设计道路就越走越明亮了!

第二篇　悟性风景

示范不是做个样子

　　景观工程示范段确实是一种行之有效的方法，也是现在市政工程中屡见不鲜的事。检验技术标准，评估质量要求，展示工程形象，抽检投入核算，对于一个或大或小的工程都是十分必要的。示范段在技术、质量、效果、投资的综合指标体系方面对整个工程的进行有非常重要的价值，对于整个工程各项指标的调整提供了可行的依据。工程不在大小，而在于科学地管理，示范段管理就是工程的先进管理手段。

　　有一个"海绵城市示范"给了我们很好的经验，虽然这个项目并不在高度建成区。项目建设进行中，施工单位和设计单位有一次"打赌"，给了我们很大启发。

　　两个鞍部交合的浅丘，临湖有二百多米的开口，从交合的鞍部到湖边长坡约三百米。在这个弧形的长坡上设计了一个大型的室外演艺场，称为"月光剧场"。在月牙形状的演艺平台施工时遇到了软基的工程问题。设计方预计到了软基的问题，设计了机配砾石回填的方案；但是在清理软泥时发现软基的预计深度和现场差距很大。设计方进行了说明，施工方却不认可，因为这里不仅有质量标准的问题，还有工程核算的问题，双方争执不下。大家"打赌",设计方"下注":软基最多一米深;施工方"下注":软基至少八米深。这是湖边硬质景观施工的第一处,这样的情况还有很多,双方商定把这一处作为示范工程来对待,检验设计方案和施工方案的科学性和落地性。地质勘查队进场三天后,勘查结果为软基八米多深,大部分为白云石泥。于是设计方和施工方共同调整了施工方案,用抛大石挤泥结合机配砾石的方法处理基础,同时进行了预算变更。在湖边的工程有了实践的例证,技术变更和核算变更更加准确,保障了质量和安全。

在一条绿道的施工中也遇到了这类问题。伴着城市环线公路要修一条几十千米的"绿道",设计完成后选择一段做示范段。被选的这段原有的栽植很多,而且因为这几年养护得还不错,树木长势良好,大都是些乡土树木,这些树木几乎遮蔽了主路两侧的视线。是全部砍伐后再按照设计的植物配置重新种植,还是保持原有的种植,需要决策。新设计是"高树低草,显山露水"的效果,如果维持现状,设计目标就不能实现。根据现场实际情况决定先做一个示范段。基本保持原有的成形树木,在优秀山水景观的地方适当移栽部分树木,并适当增加观赏性强的景观树种,该藏就藏、该露就露,使林带冠线和密度高低错落、疏密有致。清理树下灌木,优化开花地被。这样一次成景,节约了苗木采购成本。虽然人力成本提高了,但成活率有了保证,养护管理的量减轻了。这个示范段,在现场条件基础上调整,科学决策,收益明显。

另一个项目是在一条河的入海口建一个公园。这条河全长

第二篇 悟性风景

不到二十千米，上游有两个水库，现在是城市的饮用水水源保护地。河流在旱季基本断流，野草丛生，漕渠裸露。公园是在入海口原有鱼塘、采砂场治理后，围堰设闸，设"三面光"的河道。混凝土高岸和闸坝涨潮时进水，落潮时落闸，形成了长两千米左右，宽三十多米的水面。公园就是沿着河岸线形建设，总面积三十多公顷。河岸上种植了多种观赏植物，如：榕树、桂花、腊肠、凤凰木、菩提、樟树等乔木。用多种花色的灌木和小乔木打扮了河岸和绿地，如：扶桑、鸡蛋花、龙船花、非洲凌霄、毛杜鹃等。最有魅力的要数大量的紫花风铃木，盛花季紫色的花韵满岸飘香。滨河景观路，开合有致，铺装精美。阶地草坪，鲜艳花境，高雅时尚。倚着造型优美的栏杆，看河中不时有划艇驶过，船桨击水声、波浪冲击声、划船的吆喝声和青年人的笑声交织着回响在公园里。玩累了，有茶园、有凉亭、有咖啡屋。坐在树下向西望去，城市新区的各色建筑每幢都有创意的表现，使人浮想联翩并发出由衷的赞叹。大河公园扮靓了新城，新城的崛起才是大河公园建设的动力。假如，高度建成区的城市河流都是自然驳岸，清流淙淙，林草茂盛，鸟语花香，那该有一种怎样的魅力；假如，这条河的全流域都是如此风貌，我们城市的每一条河流都能得到这种治理和建设，那是怎样的一种伟大，这样的示范该有多重大的指导意义。

　　有一些示范段也有不尽如人意的地方。

　　阳光下，铺在一条几十米长的凹槽中的鹅卵石泛着耀眼的白光，槽中似乎有一点点水光。卵石的边沿摆着大小不等的石灰岩质的景观石，石头的四周栽植着千屈菜、黄菖蒲、萱草、南天竹等灌草。凹槽的条形四周是短短的草坡，草坡上点缀了红枫、四季桂等小乔木。凹槽的两端还种植了细叶芒草和蒲苇，煞有一些别致。凹槽的中段立着一个有基座的精致不锈钢标牌，标牌上写着：海绵城市示范公园。再看这个示范公园，像这样的凹槽有好几处，但是都没有水。"海绵城市"，核心词是"海绵"和"城市"，一座城都以"海绵城市"作为建设理念，彰显雨水再利用的建设新目标，从"源、流、汇"全体系地解决城市内涝问题和增强水资源承载力的问题。假如，挖几个凹槽，铺些卵石，栽点水草；用透水砖铺点园路，路旁挖一条小沟，叫作植草沟，这就成为"海绵城市"的示范，恐怕示范意义不够鲜明吧！

宽阔的国道一侧，一条和国道伴行的、一米多宽的橘红色塑胶路十分醒目。塑胶路面上有人和自行车行进的指示图案。橘红色路的两侧种植着雪松、银杏、栾树、桂花等景观树木，树下草地中点缀着韭兰、红花酢酱、石竹、紫三叶等观花地被。每隔一段有个小小的铺装平地，或者安装一个亭子，或者安装一个廊架。再隔一长段就有几间木质的房子，或者经过精心设计的平房，房内设立公共卫生间，房子外边廊子下安装了一些坐凳，有的坐凳非常洋气，设计感很强。一个牌子挂在栅栏上，写着：某某绿道示范路，某某驿站。这绿道可以逢河架桥，遇沟设栈，遇路跨线。优秀品质绿道一般都设置在河滨、溪谷、风景区或者优美的山脊上。国内绿道最常见的是伴随干线公路设立，而且一伴

第二篇 悟性风景

行就是几十千米。且不说带来的交通隐患很难避免，光是人行和骑行时主路上的噪音和尾气就和建绿道的初心相悖。走绿道就是一种休闲，就是一种漫游，就是一种对自然生态的享受和地域文化的体验，不是赶路。在交通量很大的干线公路旁建绿道示范，不是建"绿道"，而是给主干公路修了一条非机动车道，和绿道的技术标准、质量要求、工程形象相距甚远，实不可取。这种示范段有时因空间限制或者土地问题无法联通，于是就在主路的边上喷涂颜色，权做"绿道"，这就和绿道的示范背道而驰了。

"概念性规划"和"概念性设计"是规划思想和设计思路的体现，是项目的指导性文件，十分重要，也是在示范段中要突出体现的。但有些项目在运行中有"玩"概念的现象，认为没有时尚的概念，显不出设计的品质；但使概念思想变成落地的景观产品是另外一回事。有些项目为了应付检查，应急施工，只做了"概念性示范段"，示范就是个样子罢了。这些问题不在工程示范段的评估之列，不再言及。

第三篇

心灵风景

第三篇　心灵风景

永远流淌在乡愁里的河

每个人的记忆里都有一道流水，大江、长河、溪流，抑或是一条灌溉的渠。"美不美，家乡水"，水是每个人乡愁里最动人的情结，乡愁里的河水是从有记忆开始就会和你一起流到很远的天边。我的家乡有一条河，叫龙渠。龙渠，很有来厉。据史料记载，唐朝时有一条供长安曲江池用水的人工河流。河流从秦岭大峪潏河分流，掘渠为河。当时属于皇渠灌溉系统。这条河经过我们村子在高程上是有困难的，经过不知多少"义工"劳作才水到渠成，正赶上曲江芙蓉池开园的时节，唐玄宗一时性起，给这地方赐名为"龙拱渠"，几千年演变叫成了"龙渠"。我们村子大概是明清时期建的，沿龙渠成村，大半个村在半塬上，一小部分在沟里，龙渠穿村而过，村民"临水而栖"，龙渠就成为村名。

小时候，我常常在南沟里的龙渠玩。龙渠那时已经是一条纯粹的自然溪流。河岸上长满了芦苇，我们家乡叫"羽子"，还有岸边荒地上成片成片的荻子。在苇子地里捉迷藏是常玩的游戏，有时也会把自己藏到自己也走不出来的苇子最茂密的地方，最后只有"哇哇"地哭，才能招来大人，把我拖回家，屁股上打出不少的红晕，烧烧的痛。河沟里大大小小的石头，有的是像鸡蛋一样的卵石，有的是透着淡淡红色的方块石，还有一片一片平平的石板。石板下、水潭里，藏着无穷的秘密，"水蜘蛛"几条细腿立在水面上，一下一下地移动；揭开石板，大小螃蟹鼓着眼睛，横着四散，眼睛一直就看着你。泥鳅，这像鱼不像鱼的家伙就在岸边的泥里，抓起泥，你觉得它就在你的手中，等你再细看时，哧溜一下就滑到泥水里去了。小的回水窝子里成群的小鱼，人来了，倏然四散，我们接连不断地用粗布衫子追着捞，全身精湿，才捞得几条，鱼太小，放了，把衣服脱光，晾在苇子的长穗上，衣裤不干是不敢回家的。这里的每一个家伙都叫我们动心，每一处都叫我们着迷。从家里偷来盐巴，把捉到的螃蟹放在瓦沟里烤焙，打开硬壳，撒上盐，那个香味似乎几十年后还留在我们这些小伙伴的嘴里。溪流的跌水处有一座磨坊，整年整年地转，磨面的人一家一家排队接龙。最烦的是妈妈磨面时让我扫磨盘，一刻也不能停，绕着磨盘转圈圈。我知道只要把进水口的那个板子抬一下，水就冲不到水车轮上，轮子就不转了，磨子就停了。顺着永不休止的磨盘转烦了，曾经有过多少次冲动去撬那个板子，但始终也没敢。磨坊的出水口，水轮的下面，是一个深深的潭。有一次，在水轮吱吱扭扭的响声里，在哗哗哗哗的流水声里，脱了个精光，摸摸索索地下到水潭边，哧溜一下滑倒了，吓得我一下子跃了起来，倒在水轮下，太害怕了。听大人说，深潭里有水鬼，鬼要拉小孩做伴的。从那以后再也不敢在潭边玩了。从河里回家，睡在铺着用苇子编的凉席上，梦里满是淙淙的水，活蹦乱跳的

第三篇　心灵风景

鱼儿。

　　从前，我们村所在的塬上有成千亩的旱地，村民靠天吃饭，于是政府就动员民众引龙渠水上塬灌溉。那时候我才十岁，把龙渠水引到塬上浇地，简直就像是神话故事，就天天盼放水的日子。我和小伙伴们沿着堆满黄土的工地，跑着跳着，在大坡上溜土坡，几天就把新粗布裤子的屁股上磨出大洞，虽然也曾被妈妈打过多次屁股，但就长不了记性，放学后依旧在工地上疯玩。终于等到了放水的日子，周围村子的人都来了，站在河岸上等水。我们几个溜坡的伴儿早就沿着新修的河渠向上游跑了很远很远等水。水来了，水头缓缓地向我们村子的方向流，水头上积了不少柴草，这些柴草在水头的水沫里跌跌撞撞向前奔。我们就追着水头跑，水流一会儿缓，一会儿急，一会儿跌入修筑的跌水坑，一路向前。我们几个也不知道摔了多少跤，都成了土人。水渠岸上人们笑着说着，热闹得像过年似的。水渠从我们巷子南边的大麦场经过，人们在渠水边修了台阶，台阶下铺了一排大石头，供人们洗衣服、淘麦子、挑水用。新渠的水也就在这儿跌下二十几米的陡崖，成了一挂瀑布，跌入沟底，流进了老的龙渠故道。

　　新渠通水了，老磨坊关门了，再也听不到吱吱扭扭的水车的歌声了。我们的鱼儿没了，水蜘蛛没了，再也不能烤螃蟹吃了，我们那些小伙伴聚在一起的时候竟然都学会了叹气。新渠通水了，四个跌水潭就成了我们的乐园，潭虽然不大，也不深，但在蓝天阳光的下面，没有水鬼，可以放心大胆地扑腾。新渠通水了,打麦场边的河岸热闹了,妈妈婶婶姑姑姐姐们洗衣的棒槌声、笑骂声、嬉闹声,担水的男人和妇女们打趣的说话声和流水的潺潺声,一天到晚都热热闹闹地荡漾着。新渠通水了,我们巷子的人再也不用排队在三四十米深的井里绞水了。每天天不亮的时候,家家都去河边挑水。在河里挑水要起个大早,这时洗衣的、饮牛的都还没有出来,放心地挑晨光水,大峪滴河的水是天底下最干净的。我也就常常被妈妈喊起来去挑水,但我不在有台阶的地方取水,要向上游走一个跌水,因为我们曾经在台阶上面的水坡上撒过尿。新渠通水了,永远留在我心里的是那个瀑布,那条满是趣味的龙渠。离家进城后每次回乡都要绕道去村西土岭的垭口,这里能一眼看见那条像银链一样的水,只听水的声音就能判定大峪分水闸给新渠开了几格水。这条龙渠瀑布曾绘制了我多少关于童年的梦、故乡的梦。中学时,有一次作文我竟然改写了李白的《望庐山瀑布》,"日照龙渠挂银汉,雪瀑歌声响耳边。飞流直下三十尺,多情福水润家园",老师给了九十分,让我觉得是一生的荣耀。

在外工作多年,离开了龙渠,离开了我的瀑布。夜半睡不着的时候,那螃蟹、那水蜘蛛、那跌水的激流、那落在我们村子的"天河",就拥挤着浮现在眼前。十几年前,因老母亲生日,回了家乡龙渠村,仍然绕道去村西土岭的垭口,想望望久违的瀑布。早早下了车,快步踏上土坡,然而瀑布没了,斜向的一条混凝土自上而下覆盖在原来瀑布的地方。瀑布没了,故乡水的歌喉哑了,我的心一下子凉了,坐在地上,什么也不想看,什么也不

第三篇　心灵风景

能想。回到家，转身就往河边跑，想到故乡的河边洗把脸，站在岸上望望终南山嘉午台。到河边的时候，河不见了，眼前是一条蜿蜒的水泥盖板，盖板上堆满了柴火和杂土。弟弟告诉我新渠和老渠全都用水泥盖板封了，说是怕村民污染了河水，这河水是给西安护城河和曲江大唐芙蓉园供水的。儿时的梦一下子被打了个粉碎，故乡已经变得陌生起来。有谁这么狠心，竟能揉碎一个个乡愁的梦！

　　回到城里，每每想起家乡的龙渠就到环城公园去转转。西安环城公园建在明城墙和护城河的中间，不论是南门公园还是西门公园都是西安人喜欢"打卡"的地方，公园里跳广场舞的，一处动不动就有几十人，大妈们的舞姿映在城河的水面上，婆娑多姿。一支小乐队，一两个唱家，一个音响，几十个听戏的人，合成一台戏，高亢的秦腔黑头（净角）和青衣或者花旦婉转的唱腔都被城河里的清流润湿了；路人、游人、恋人抑或是单个的男男女女都在城河清流边编织着一段美好日子的心曲。我每次都坐在护城河最下面的平台上，微风过处，水轻轻地波动着，树影在水面柔柔地荡漾着，日光下，水里透出时间的脉脉温情。"这可是从我的家乡龙渠流过来的水"，这时再看这巍巍城墙、这绿绿的柳树、这充满了生活激情的人，一种他乡遇故知的情愫油然而生，一种主人翁的自信就结结实实地长在心里了。

　　西安曲江新区有一个村子叫"黄渠头村"，唐代黄渠入长安就在这里分为两支，一支流入曲江芙蓉池，一支给里坊和城河供水。在西安的时候我特意几次去了这个村。很感谢那个给这里地铁站命名的人,站名就是"黄渠头"。虽然现在仅仅是一个地名而已,但它却穿越历史,跨过时空,连接了我的家乡。潏河的黄渠,黄渠的龙渠,龙渠的沧桑岁月,无时无刻不在我的心中,这条河永远地流淌在我乡愁的记忆里,这条河唱着我一生最深情的歌!

第三篇　心灵风景

鞋和玉米糁的往事

1961年考入镇上中学，我在那里度过了三年的时光。当时初中是住校的，四十几个人一个班，十个人住一间宿舍。学生来自镇周边的农村，当时能考进镇中学的也算是小学的"高材生"，因为当时农村的小学教育还没有普及，有些农村还在扫盲阶段。和现在比，在那儿的三年虽然生活苦了点儿，但苦并没有留下过多的记忆，倒是有些往事难以忘却。

我们当时一个星期可以回家一次，回家的主要事情是干农活儿，挣点工分，但最主要的是准备一个星期的干粮（馍）和一瓶子野菜做的"浆水菜"。在学校上灶有三种形式：开水灶，米汤灶，粮菜灶。农村学生大都是米汤灶，学校开饭时拿着碗去打一碗稀饭，吃自己的馍和酸菜。在这种情况下，稀饭的"浓度"，打饭勺的"盈亏"，厨师的心情成为我们这些"米汤派"关注的重大问题。一大锅稀饭，去得太早，上面的饭稀；去晚了可能因为饭不够打了，厨师就往锅里加开水，更稀。于是我们掌握了一个窍门，早去，等锅里饭下去三分之一时再打饭，这样米汤或者玉米糁的浓度就有保证了，而且厨师的饭勺也不容易晃悠，碗里也就满一点。

初二春季学期的一天,我照例在听见学校的大喇叭里播出少儿节目的"小喇叭开始广播啦"的开场词时就急匆匆地拿上碗直奔食堂。今个来得确实早了点,我悄悄地进了食堂里面。操作间里大师傅们忙忙碌碌。蒸锅冒着热气,菜案上叮叮当当。我最关心的是熬稀饭的锅,一口大锅,和农村过年杀猪烫猪毛的锅一样大,师傅一只脚踩在低低的锅台边上,两手拿着一个长长的铲子奋力地在锅里搅,玉米糁在锅里翻着花儿,师傅是把沉在锅底的玉米糁翻上来,怕锅底糊了。突然,搅饭师傅"啊"了一声,原来他踩在锅台上的脚滑了一下,把半拖在脚上的鞋滑到锅里去啦。他反应过来后,拿起锅头边的大漏勺,一把捞起在玉米糁锅里翻滚的鞋。我当时失声叫了一声"鞋!",声音大得整个厨房都听得到。这时伙管员刘老师走过来。他就是那个老爱板着脸训学生的老师,我们都恨他,也怕他,最怕他给我们打稀饭,他打的饭不是稀,就是少,我们背后叫他"留半碗"。刘老师走到我跟前,很意外地把手搭在我的肩膀上,轻轻地说:"你跟我来。"我下意识地跟着他走进了管理员办公室。这时外面已经吵吵嚷嚷了,学生们已经开始打饭了,我操心着排队的时间,又被老师叫到这儿了,咋办?"留半碗"老师让我坐下,让我等一会儿。他就拿了碗出去了,我走也不是,等也不是,外面学生们打饭的吵吵声不时地传进屋里。很快,刘老师回来了,端着两个碗,放在我的面前,说:"这是你的饭,吃完再出去。"我一看,一碗炒菜,还有两片肉,一碗面条。"老师,我上的是米汤灶?""你吃吧,我请你的。吃完饭再走。"说着就到隔壁的房子里去了。我猜想

第三篇　心灵风景

这是教工灶的饭，对我来说，吃肉就是过年。肚子也饿了，也不多想了，肯定和那只掉进锅里的鞋有关系，不管他，吃了再说。农村学校的饭简单，我还没有把面条吃完，外面就已经安静下来了。刘老师从隔壁走进来，严肃地说："今天的事，不要出去乱说，你走吧。"他又恢复了平常的样子。

下了晚自习，同学们都回到宿舍。我们宿舍十个人，大通铺。晚上是同学们最放松的时间，每个人钻进被窝就打开话匣子，开谝了，谝得热闹时常常听不到学校的熄灯铃声，因而也常被听墙根的班主任老师抓了现行。也不知为什么，今儿晚上大家的话题都集中在晚饭上。一个绰号叫"老料"的同学牵起话头，学校的新闻在宿舍每每都是他第一个传播。今儿他裤子一脱，坐在被窝里，开始了播出。他说："今儿的玉米糁特黏糊，师傅打饭稳当，碗都打满了。""老人精"运仓个子不大但好像经事很多，平时老是一副料事如神的样子，运仓被子盖在胸前，头伸在外面说："我看见烧稀饭的师傅穿着一双新鞋，肯定是家里有喜事。""屁屁！伙管员'留半碗'儿子订婚，骑自行车进校门时，给门卫发了糖。"我们班的"包打听"汉荣从更深的层次分析着。同学们七嘴八舌，你争我抢，兴高采烈地谈着"饭稠""碗满""玉米糁香"的话题，竟没有听见熄灯铃声。"当当"敲门声响起，班主任老师照例来查宿舍、听墙根，大家一下子安静了。今儿奇了怪了，班主任竟然没有进来，罚说话的同学"站岗"，只是说"快点睡"就走了。听着老师的脚步声远了，睡在我旁边的学习委员辉辉悄悄地问吃饭怎么没看见我，我轻轻地说："我去得早，打了饭就到教室赶作业了。"在同学们争论今儿晚饭特色的时候,我好几次都想告诉大家"鞋的事件",但终究没有开口,在大家都吃不饱的年头,吃一顿稠一点的饭带来的幸福感是多么的珍贵,我怎能忍心让同学们扫兴。于是这个关于"鞋和玉米糁"的往事就埋在心里多年,它时时都告诉我世界上有些事是不能说明的,有些时候分享阳光时,阳光背后的风雨是可以忽略的。

第三篇　心灵风景

妈妈一直拉着我的手
——童年二三事

母亲走了，她算是"活得长、走得快"的人，享年九十六岁。傍晚还能靠着炉火坐着养神，晚上说走就走了，没留下一句遗言。恐怕是这些年把该想的、该做的、该说的早已经想完了、做完了、说完了；但是我感觉她的手还牵着我，粗砺的皱褶还一条一条诉说着一个不识字、内心明、双手勤的平凡农村老太太无尽的故事。母亲教我最多的是我的童年和少年时代，后来我离家上学，工作，满世界地奔忙，虽然也不时地回老家看望她；但更多的是我向母亲尽孝了。她在世的时候，我每做一件事都好像要向她"述职"一样，准备认认真真"汇报"，可是见到她时都被她的问吃、问喝、问身体、问爱人、问孩子占满了时间，从来也没有谈过有关工作的事，每次走后我都有一个遗憾，就是只能等以后再给她老人家"汇报"了。现在她走了，我的生活工作似乎不再是她的管辖范围了，我再也不会有"述职"的机会了；虽然她生前从来都没和我说过工作上的里里外外、长长短短。而今，她在天上是否看着我，不得而知，但"纵有千种风情，更与何人说？"的无着落，空落落的精神深处的空白，只有用回忆她的生活片段，去感悟母亲的感情渗透到我精神深处的那种能拉长筋骨的张力。

一

我十一岁那年的春天，终南山嘉午台顶上的雪化了，村南沟里的槐树绿了，棱坎上的白蒿已经发出了嫩嫩的白芽，山坡上的山杏树花大都开满了，农村的青黄不接，"九九八十一，穷汉顺墙立"的时候也就到了。家里十几口人，张嘴要吃饭，只是缸里没面了，柜子里没麦子了，墙角的口袋也瘪瘪的，有气无力地半蹲着。过了"三月三春茅笼会"（卖农具的集市），母亲就带着我进大峪沟里挖野菜，她能把野菜腌成酸菜，一缸酸菜能吃半个月。太阳偏西一点的时候，山里就很凉了，得赶快下山朝回赶。母亲和我每人肩上扛着一个筐子，藤条编的，筐子里满满的野菜。磕磕绊绊的、沟沟坎坎的山路颠得我们娘俩一身一身的汗。走一会儿，母亲就把我筐子里的菜朝她的筐子加一点。我累得不行了，让母亲歇一会儿，她却说："越歇越想歇，越歇行李就越重。"硬是让我撑着劲儿走。一开始，我总是张望一个连一个的山脚，绕过一个山脚，又转一个弯，总是走不完。后来看不到头就干脆不望了，只看脚下，不承想猛一抬头，山口到了，也就横下劲儿，走、走、走。走了不知道多久，母亲说："娃儿，筐子放下来，歇会儿。"这时我反倒不想歇了，但是看看母亲满头的汗水，红红的脸，我说："那就歇吧。"母亲又把我筐子里的菜朝她的筐子里拿了一些，她从大襟衣服口袋里拿出半个菜饼子塞给我,"吃了有劲儿,还有七里路"。"妈,你也吃一点,我扛的菜只有半筐了。"妈妈笑了,"快快长大,到那时就能扛一大筐子了"。再走的时候,已经是土公路了。妈妈边走边说:"走乱石头的路,看脚下要紧;走大路,看远处有劲儿。"抬头望去,我们村子隐隐约约地就在远处晚霞笼罩的地方。现在她走了,九十六岁的娘,七十五岁的儿,我也老了,她的"走乱石路看脚下,走大路望远处"的告诫,我几乎受用了一辈子,然而再也不能牵着母亲的手走走了,每想起来,眼泪就止不住地流。后来我写了一首小诗,没有写母亲,但无处不是母亲。

看脚望道

小时候,就知道,

山有转不完的弯,

扛着行李,

越走越想歇,

越歇越觉得路远。

沟里草,无边无际,

筐子不大,

草老割不完,

筐子老装不满。

崇山峻岭中,

也有望不到头的路,

通到河边,

风·景·纪

通到山边，

通到天边。

路无尽，

看准脚下，

望天际的地平线。

二

我在镇上中学读书的时候，因为我是家里的"秀才"，于是全家吃稀的，我吃干的，每天上学带两个麸皮豆渣野菜饼子。鸡叫三遍，天还没亮，厨房里妈妈拉风箱烧锅节奏很匀称的"扑嗒、扑嗒"声就是叫我起床的"闹钟"。当我背上她用粗布做的书包，腰里揣着菜饼子走出大门的时候，后面一定跟着妈妈，她是一定要看着我下了村口的大坡，拐过上公路的弯才转身回家的，这时天色已经微微亮了，大路清清楚楚地展现在眼前。

这一年冬季，雪特别多，就像昨晚，鹅毛大雪下了整整一夜。今儿早是妈妈把我叫醒的，妈妈说："鸡叫了两遍了。"她说今天和我一块到镇上去，她要去镇上买棉花。那时候买棉花是凭票证的，每人大概四两棉花，村供销社没有卖的，买棉花得到镇上去，但是大多数时间是没有货的，弟弟妹妹的旧棉袄还等着絮棉花呢。昨晚，隔壁在镇裁缝铺上班的叔叔给我妈通了个消息，今天来棉花了。我们娘俩出门的时候雪虽然停了，但满世界都是隐隐约约白茫茫的雪，根本分不清哪里是路。这当然难不住长年

第三篇　心灵风景

累月生活在乡里的人，脚下有走惯了的村道。娘俩手拉着手，妈妈腰里还捆着一个被面子，包棉花用的。上了公路，天更黑了，就像语文课老师说的"残冬将尽雪更寒，长夜欲明夜更黑"一样，我俩在雪里蹚着走，有的地方雪都埋到了我的大腿。这时起风了，雪眯眼睛，我们只好眯缝着眼。好就好在，我天天上学，这条路走熟了。平时我一个人走，大概吃一顿饭的工夫就到高村了，到高村就能看见镇上公社门口的红旗了；但今天怎么走都走不到，妈妈也不说话，只管拉着我走。走着走着，我忽然感觉到我们娘俩是在绕着圈圈走，心里一下子紧了起来。乡里人说走夜路要是碰上新鬼就会迷路，原地绕圈圈。该不是碰上鬼了吧？前几天上学在路边看见过一个新坟，上边还插着芦苇秆儿挑的招魂幡。这时我的眼前全是那个招魂幡在风中嘶拉嘶拉地飘。我靠紧了妈妈，妈妈也靠紧了我，我说不出话来，妈妈也一句话都不说，就这样迷迷糊糊、深一脚浅一脚地走着，走着。忽然听到几声鸡叫，寒夜黎明的声音特别响亮，好听，有点像音乐老师弹风琴演奏一首歌儿的过门。妈妈这时把我搂在怀里，说："鸡叫了，鬼就走了，娃儿别怕，看，前面就是公社了。"我一下子回到平时上学的感觉，清清楚楚，明明白白，出气也匀了，脚下也有劲儿了。再次走上大路的时候，妈妈对我说："心里没鬼就不怕鬼，鬼是怕光天化日的，鬼很聪明，只迷你的心，今儿个是被鬼迷了心，才绕了半夜圈圈。"这事已经过了六十多年了。妈妈走后，我的"乡愁是一方矮矮的坟墓，我在外头，母亲在里头"；但是我坚信，妈妈心里永远没有鬼，她只能是位神，她不会迷惑任何人的心，迷惑人心的鬼只藏在人的心里。我在年逾古稀的时候写过一首小诗自嘲：

心迷了

有时候，把本不想说的话说了，

有时候，把想好的话，说乱了。

有时候，把重的事情说轻了，

有时候，把轻的东西看重了。

有时候，把虚事做得太实了，

有时候，把实事干得太虚了。

有时候，拿不准分和寸，

有时候，拿不稳分和寸。

有时候，觉得自己处事很精明，

有时候，觉得自己幼稚得可笑。

有时候，好为人师，

有时候，人皆我师。

鸡叫了，天亮了，

心明了，夕阳了！

三

初二学年第二学期麦忙放假一个星期，回乡参加夏收，年年如此，今年也如此。麦子已经收完，麦捆子在打麦场上堆了五座

第三篇　心灵风景

大四橡房一样的积子（垛子，家乡话就是积子）。第一场麦子已经摊场，碾压。快到晚饭的时候社员们借南风把麦子扬出来了，金灿灿的麦粒堆在场地中央，熬过一个饥饿的青黄不接春天的社员们盼望的时刻就要来到了，今晚分第一次粮。妈妈叫我早早地去排队，早分到粮，早淘麦，早磨面，隔天就能吃上新麦面蒸的白馍了。打麦场上的电灯亮着，麦子在那里静静地等着，排队的社员说着笑着。我是排在第五个的，前面的四家都扛着装满的口袋，走到场边的黑夜里去了。轮到我家的时候，队长挡住往口袋里装麦子的二叔，他一字一板地说："你们职工家属要交二十块钱才能分，""先回去拿钱来，下面的一家先来。"职工家属，也就是有在外面工作拿工资人的家属，这些家大都劳力少，工分少，要拿钱来买工分，用工分数分粮。听了这句话，我心里"咯噔"一下，眼泪不知不觉就涌出来。妈妈拉过我拿着空口袋的手，转身就走，等走到打麦场边，分麦子的灯变成一个红红的晕点点的时候，我还不住地拧回身去望那个像红点点的灯。妈妈把我的头扳过来，说："娃儿，不要回头看，妈明儿去你舅舅家借钱，后天早上咱就吃新麦面馍。"我知道，家里哪有钱啊，我这一学年的学杂费还是用学校的助学金交的。第三天，也就是忙假的最后一天，家里真的蒸了白馍，我上学离家时，妈妈给我的书包里又塞了两个，她送我到村口时说："不要回头看，难事不在后头，在前头，""好好念书，前头的日子就好了。"

过年妈妈和面蒸的馍、下曲子酿的稠酒、院子墙上挂的玉米穗子、雪天里房上玉米秆做的围子里鲜红的柿子、上学后去挣钱，我工作攒了很久在分麦子前拿回家的二十块钱……这些情景像过年坐轮子秋千一样在心中盘旋。多年后，走过了多少路，经过了多少风雨，再回头看身后，写下几句不像诗的文字，以追忆当初那个受冷落的有红晕的灯。

看着前头

用井水和面一罐子，
泡上酵头，
暖在炕头，
日子就有盼头。

把夏日捡一篮子，
晒在院头，
照亮檐头，
足食攒个想头。

扭着秋天打一个结，
挂在墙头，
牵着心头，
冷就没啥怕头。

正看着日子里的渠渠道道，
劲儿聚在脚头，

第三篇 心灵风景

理清手头，
把难处扔在后头。

漆瘩子

盛大的开业典礼结束了，打开业主方赠送的礼品袋，有一个大漆做的小盒子。盒子漆黑铮亮，光滑细腻，盒子里面是朱红色，摸着手感极温和而细柔。端详良久，一段童年往事涌上心头。

中学时，家里穷，孩子多，劳力少，吃的好像永远短缺，烧的柴火在冬春也是稀缺，年年暑假熬煎学费。于是，我虽然还不到能进山砍柴的年龄；但"穷人的孩子早当家"，不能进深山砍柴、扛木料，就在浅山割穰柴、拔野菜、挖药材。其实那时候几乎家家都是"穷人"，于是我们巷子里就有了一个进浅山干活的小队伍。这个小队伍的核心是二虎和我。当时进山割柴有多苦，没记忆，但每次进山割柴都要拿干粮，所谓干粮只不过是妈妈用野菜和麸皮、米糠、豆腐渣烙成的饼子。麸皮、米糠、豆腐渣很难团到一起，妈妈就加一些榆树皮面，这样饼子就成模成样了。家里一天两顿都是稀菜粥，上山割柴能吃干粮，于是"困难时的干粮"成了奢侈的待遇，因而一生都能回忆和品味野菜干粮的滋味来，只是加了榆树皮面的饼子，吃下去容易，拉出来难，每次解大手，都要费九牛二虎之力，还不免有些鲜血淋漓，这个苦是一生都忘不了的。

第三篇 心灵风景

放寒假的当天晚上我们几个就撺掇第二天一起进山割穰柴。第二天鸡叫三遍后,背上干粮,拿了镰刀,搭着担绳,裹着毛毡,穿上草鞋,出发,疾走八里路,赶天亮时就到了山口。进山后,沿着溪水一路蜿蜒向前,过了三道山就上坡,找柴场。我们割的柴不过就是已经冻干了的高高的茅草(也可能是野芦苇),芨芨草和蒿子是不要的,它烧锅只冒烟没有焰。我们几个每人一道山梁,自己只在自己的山坡上割,这是每个人都明白的"潜规则"。山坡上山桃、山杏,三三两两地把有些弯曲的枝条伸向天空,杨树却是成片成片地高耸着,偶尔也能看见稀稀拉拉生长的柞树、板栗树和椿树,有些坡面的边上有青黑青黑针叶的华山松或者油松。我们割柴的地方就在这些树丛里、冲沟边、石坎上。高高的茅草,大人们叫它"霸王箭",一丛一丛地长着,顶上已经脱尽了细毛的穗子在冷风里摇曳。你的坡上要是有几十窝茅草,那今天的柴就大丰收了。"霸王箭"叶子边沿有细细的毛刺,听人说鲁班就是受"霸王箭"的启发发明了锯子;但现在它在我们的手臂上拉了一道一道的血印子。

太阳直射到山顶的时候我们就下到溪边或者山泉边,喝泉水,吃干粮。吃过干粮,在大石头上躺一会儿,伸个懒腰,晒晒太阳就开始把分散的柴火一次一次地运到柴场。几个人用一个柴场,今儿个谁割得多一目了然。我今儿的运气好,沟里竟然有成片的茅草,清一色的"霸王箭"。下来就是打捆了,捆柴是个技术活儿,捆得要紧,腰绳高低合理,不然背着走不久柴捆子就会散了,那就麻烦大了。二虎经常帮我打捆子,他捆的一次也没有散过捆。捆好柴后,在柴捆的腰绳下深深扎进两个棍子,柴捆就是靠这两个棍子挑在肩膀上的。今天我在坡上的一棵树上砍下来两个光光的树枝,削得漂漂亮亮的,心想把柴挑回家以后就用这两个棍子做打杂的棒子,很带劲。捆好柴,扎上棍子,一路下山,虽然算不上是春风得意;但是满载而归是名副其实的,肯定会招隔壁那个老笑我是"弱劳力"的猪娃子吃惊的。

回家后,妈妈给我开了一次"小灶",用长脖子铁勺在锅洞里炒了一个鸡蛋,下了一碗面,虽然面是黑面,但很香很香。晚上睡觉梦里都是满坡的芦苇,芦苇穗子像雾一样望不到头。半夜时我脸上一阵奇痒,醒了,一摸脸上,涩涩的,痒痒的。点了灯,对着妈妈的小镜子一看,全是密密麻麻的小红点,吓慌了。妈妈醒了,掀开我的被子,我的胸膛上,腿上,全都有一片一片的小红点。妈妈说,我中了漆瘙子。她问我是不是上过漆树,我哪里知道什么是漆树,我上树砍棍子的树是和我家后院的椿树一样的树。我妈说,那我得的就是漆瘙子,漆树和椿树非常像,她说她也中过招,我这才想起来妈妈每次看见村里有人用大漆漆棺材都躲得远远的。

中了漆瘙子,全身出了像小米一样的红疹子,奇痒,再加上全身浮肿。抓也不能抓,抓破了会发炎流脓;洗也不敢洗,洗也不解痒;恨不得用刀子刮,刮到流血,应该好受一点吧!我经历了一场非常难以度过的灾难,虽然妈妈想了很多办法,包括用豆油拌锅煤黑涂抹,那种比剁一只手的"疼"都难以比拟的"痒"的痛苦,折磨了我整整七天,妈妈说:"漆瘙子,就是七天折回头。"这真是灵验，七天后痒渐渐地轻了，也有了间隔时间不长的停歇。这次经历使我得了个感受，"不关心其痛痒"这句话把痛和痒并列着说，有些不准确，其实"痒比痛"更难过，痒是不见血地杀人。漆瘙子发作的时候，在家里待着，二虎来看过我，他给我说："漆树和椿树虽然很像，但漆树的枝干是一对一对地长的，椿树是一个一个长的。""你怎么不早点告诉我，事后诸葛亮"，我心里满是怨恨；但转念一想，人家有啥错，是你自己不认识漆树，心里也就释然了。世间诸事，事先全都明白的有多少，大部分是事后反思才总结出来的，"事先诸葛亮"不可多得，"事后诸葛亮"才是经历文化的抓手。这次经历后的我在上学，工作中就特别警惕别人给我"痒"的感觉，比如夸张的表扬或者名不副实的荣誉都能给人以"痒"的感受。

现在我用大漆做的小盒子放口服药，它有两个格子，一个格子放早晨要吃的降压药，一个格子放下午要吃的降压药，时时提醒我，按时吃药，吃药这个事大概是没有"事后诸葛亮"的，不能重蹈漆瘙子的覆撤。

爱情的"含金量"

1949年以后,废除了"父母之命、媒妁之言"的婚姻旧习俗,倡导"自由恋爱"。《小二黑结婚》和《梁秋燕》中的小芹和梁秋燕是青年男女的偶像。妇女解放运动带来了婚姻制度的革命,束缚人性的枷锁解除了。各地对男女恋爱的称谓也"百花齐放"。西南一带称恋爱叫"耍朋友",恋爱是活泼、轻松、甜蜜的情感经历,倒是十分幸福;北方大部分叫"搞对象",一个"搞"字里面还掺杂着些许艰辛,有点生硬的味道;南方有些地方叫作"处对象",强调了相处的磨合适应性,表明恋爱是需要时间的,过程决定成败;南粤一带称恋爱叫"拍拖",用了航运中大小船只协调运货的词汇,喻男女恋爱时相互关心,难舍难分,各自分工,约定俗成,这倒还很接地气,形象活泼。普通话流行语叫"谈恋爱",关键在于"谈",这就很公允,平等的语言交流是恋爱的主要形式。谈生活、谈理想、谈家庭、谈兴趣爱好,"三观"碰撞,谈成了就是奠定了爱情的基础。而如今,有些男女恋爱的"谈"字意义有些异化,"谈彩礼""谈房子""谈车子""谈存款""谈如何分离老人",总之围绕着"占利避责",尤其是设法占有一方的"优质资源",掌握家庭的"资源配置权",回避婚姻责任和不确定因素。婚姻状况仿佛又回到"买卖婚姻"的旧范式了,把美好的青年人情感融合的魅力和美丽打回"利益博弈"的陈旧、落后、丑陋的金钱至上牢笼,这大概也算是一种社会性悲哀!这种"金钱主宰爱情的悲哀"本身就是一种人性的失败,甜蜜如醴的感情生活本应是比生命"价更高"的人性之花,现在却让它充满了铜臭,浸满了庸俗,其实质是对处于热恋中的青年男女高尚人格的践踏。在"媒妁之言"的时代,媒人在男女双方家庭穿梭,充当掮客的行当,谈的大致也就是以钱财为核心的内容,协调得差不多了由双方父母定夺,青年男女婚姻命运的主权丧失殆尽;然而如今,有些青年男女竟自己担负起了"媒妁"的角色,"赤膊上阵",这又是悲哀之悲哀也!有些家有成年男孩和女孩的家长也是不谈"感情至上""真诚相待",却率先比条件、论盈亏、搞攀比,在爱情条件上推波助澜,甚至强力干预儿女亲事,让婚姻的"父母之命"死灰复燃,似乎做起了"婚姻生意",更加剧了"金钱爱情"的悲剧色彩。

虽然家庭经济条件是结婚成家的必要条件,但绝不能代表爱情的"含金量",绝不是婚姻的决定性因素。眼下对这种以钱作为前提的爱情有人以"求得安全感"作为辩词,怕离婚时两手空空,没有财产制约。试想,还没有结婚先想到离婚,"未思进先思退",那么爱情的"海誓山盟"是多么的苍白。"患难夫妻""同心创业""用共同的劳动创造幸福"的爱情誓言是多么的空洞。爱情是以双方的责任作为保障的,爱情责任的丧失,就是爱情"含金量"的丧失,爱情何以以"价更高"的状态存在!以钱称量爱情是历史的垃圾,是剥削制度语境下的残渣。眼下出现的某些逆历史而动的风气不纠,"爱情"危矣,优秀的传统危矣,世风危矣!

第四篇

生命风景

雪夜不眠灯

雪是风昨晚从西北方驮来的。戚家大爷裹上了大棉袄，扛着铁锨，挎着藤筐，朝大路那边去了，夹裤子的下角一扇一扇地在雪地上留下一道刮痕。早起的戚家媳妇桃花披着大襟花棉衣，蓬松散乱的头发上粘着雪片，打着呵欠，边哈气："这天，说冷就冷了。"大门"咣当"一声，院子外边就再没有人影了。

戚家三间鞍间房，对面四间厦子，院门朝南，厦房大墙上还拖着一间偏屋，茅房和柴房在院门外。瓦楞上，柴堆上已经落下一层薄薄的雪。东边厦房的烟囱里冒出了一股一股的浓烟，有着黑烟和白雪的院子里传来小女娃的哭声和戚家媳妇的呵斥声："尿炕，尿炕，下雪了，咋晒干呢？"一个八九岁的女娃从门里闪出来，趿拉着鞋，端着个瓦罐子，朝打麦场那边走去，那边是河。

戚家就这样来到了冬天。戚大爷的老伴儿四十几岁就得了痨病，没过几年就离世了，只有一个儿子叫大强，这大强在山里逃了两年壮丁，娶了山里的姑娘桃花，生了俩女娃。1949年后，又生了一个女娃。大的九岁了，名叫"焕焕"，二的七岁，名叫"改改"，小的才一岁多，名叫"盼盼"，名字都是爷爷取的。这家子六口人，平时吃饭谁也不多话，两个男人都没有好兴头，闹腾的只有盼盼。哭、笑、喊、叫、尿，闹得桃花很疲惫。下雪了，天一下子冷了，戚家的冬天真是冬天。

戚大爷把拾的一筐牛粪倒在茅坑里，拍拍手，哈了一口气，走进大门。厨房案板上大老碗里的包谷糁冒着热气，切成方块的锅盔和一碟醋调辣子都放在旁边。戚大爷把辣子夹在锅盔里，端了碗，出门去了，前街上这时是"老碗会"的点儿。焕焕和改改从炕上下来，也趴在案板上吸溜吸溜地喝包谷糁，吃馍蘸辣子。盼盼迷迷糊糊地睡着，桃花在等丈夫大强起来。下雪下雨天就是农民的"歇工日"，大强睡懒觉是惯例。

"桃花嫂子，吃了没。"说话的是门宗老九，名叫泰林。

这老九其实不是戚家的门宗兄弟，是1949年解放军和溃逃的国民党胡宗南部打了一仗后，戚大爷收留的国民党队伍的一个伤兵。泰林被子弹打伤了腿，被国民党遗弃在南沟的河边，戚大爷见这小子伤得不轻，人长得还灵性，自己家里也缺男劳力，就把老九拉回家，让村里中医王先生治了伤。这小子命硬，三个月就能下地，半年后就能干活儿。拜戚大爷为干爹，于是就成了门宗排行老九。戚大爷收了个干儿子，可是捡了个大宝贝。泰林六岁时娘被日本鬼子糟践，投井自尽，爹在娘死后，卧床半年，也死了。他吃百家饭长到十二岁，就跟着村里的木匠打零工，后来在邻村帮人盖房子，十五六岁的年纪，就学得一手好泥水活儿。1948年冬，被拉了壮丁，当了兵，不到半年就被遗弃在战场。现在的老九，村里谁家盖房、盘炕、修门楼的活儿都叫他，没人叫他"九叔"，都叫他"九能"。泰林人长得亮堂，说话和气，村

第四篇　生命风景

里的大姑娘、年轻寡妇谁个都在夜里的炕上各自盘算过和老九过日子的情景。

"刚起来"，搭话的是大强，他挠着光头从东边的厦子房走出来，"兄弟，啥事?"泰林说："强哥，下雪天，地里没活儿，我想把咱爸的猪圈拾掇一下。""随你，在这儿喝点包谷糁吧。"大强说着就出了门，尿去了。"他九爸，进屋吃饭。"桃花忙着招呼，"不了，在屋里吃过了。"泰林转身进了堂屋，"我拿点麻絮，爸说在大炕架板上。"泰林拿了麻絮、铁锨出了大门。

戚家的猪圈里，泰林一会儿工夫就把猪窝棚的草顶子拆了，木檩子、短椽子、砖头挡了个墙，把大黑母猪隔在一边，开始砌墙。桃花端着一大盆子猪食来到猪圈。泰林摆砖，挂灰，抹泥，挤缝，麻利地砌墙，宽大的脊背微微弓着，厚实的肩膀有力地摆动着，桃花看得有点出神。老母猪"哼哼唧唧"地拱门子，桃花才缓过神来，开门子，把猪食倒进石槽里，从墙上取下一根棍子，把猪食搅匀。她用棍子敲敲石槽，"梆梆梆梆"，"嫂子，你放心猪不会跑出去。"泰林说话时头没回，手没停。桃花转过身，关上圈门。往大门走，差一点和走过来的戚大爷撞上，桃花紧着说："爸，他九叔修猪圈呢。""知道。"戚大爷径直朝猪圈走过去。

泰林已经开始搭猪窝的顶棚了，戚大爷走进猪圈，母猪哼哼着拱着槽边，戚大爷看了看，说："老九，去年瓦房剩下的瓦在墙背后撂着，篷草孽了，换瓦吧。""爸，你不管了，我知道。"泰林站起来，招呼老爸。"今年配种，换一个公猪，去年一窝生了三个母猪,一个牙猪都没有。"戚大爷抱怨着。泰林说:"开春了,我去找猪公子,您歇着吧,这事我办。"戚大爷望着老九,说:"歇会儿,让你嫂子给你擀碗面,我在地里挑了一把菠菜。""好,好。"泰林说着又干开活了。

"去给老九帮个下手,"戚大爷说,"窝在热炕上,身子骨就出毛病。""困,多睡会儿。"大强打个呵欠,懒懒地说。"睡,睡,能睡出个长牛牛的算你本事。"大爷撂了一句难听话,又扛着镢头出了院门。大强伸头瞅了一眼,用大花被子捂了头,又睡了。焕焕上学去了,改改自己坐在九爸做的小木车上在地上玩,盼盼在炕头爬来爬去,手里还拿着半方子锅盔。桃花扫完了地,擦净了柜板、桌面、垒栏子、炕边子,刚刚坐在屋凳上,戚大爷一句"生出个牛牛娃"让桃花的脸烧了一阵子。她瞅了一下窝在炕上的大强,低着头出去收拾柴火了。

雪停了,刮着风,更冷了。麦秸垛子靠着猪圈的南墙,桃花从麦秸垛子里一把一把地掏柴火。隔着矮墙,桃花又看见泰林宽大的脊背,厚实的肩膀,回过身,提了一笼麦秸,进了大门。一会儿,桃花一手提着烧水的铁壶,一手俩指头勾着带把的茶盅,来到猪圈这儿,隔着墙说:"他九爸,热水在这儿,你喝点水再弄。"把壶和茶盅放在墙头,说:"有脏衣裳没,嫂子给你洗去。"泰林直起腰,回过头来,脸上带着笑说:"还是嫂子心疼我。"泰林走到墙边,端起桃花倒好的水,"咕嘟"一下就一杯。"烫,看你急的。"桃花这话是低下头说的,很暖心,但她自己却先红了脸。"嫂子,隔天我给盼盼打一个装轮子的小车车,省得整天缠你。"泰林边喝边说。"他九爸还会心疼人,不知道谁家姑娘有福分嫁给你。"听得出来,桃花的这句话里多少有点酸味儿。

"晌午,泰林就在屋里吃饭。"戚大爷不知什么时候回来的,他又说:"篮子里有菠菜,擀点宽面。"桃花边转身边说:"咱爸就是偏心。"说着就走了。戚大爷进了猪圈,仔细看了看砌好的墙和已经搭好的顶棚架子,看了看在一旁拱来拱去的母猪,"给这狗日的盖这么好的窝,开春好好下猪娃子,"他又说:"老九,今晚咱爷几个喝个酒,你就不回去了。""又不是过年过会,随便吃点吧。"泰林不知是同意也不知是不同意,都没用,戚家的事大爷说了算。

天麻麻黑的时候,雪片子漫天飘,瓦楞上已经有三指厚的积雪了。堂屋的炕中间摆着炕桌,粉条炒肉、凉拌豆芽、蒜苗子拌肉冻、清炒土豆丝四盘菜。老酒壶盛满了酒,蹲在热水大碗里烫。戚大爷坐在炕里头,呼噜呼噜地吸水烟。那个水烟壶是祖上留下来的,黄铜铮亮。看那架势,吸烟是形式,拿势才是真的。桃花早早把黄褐纸捻成媒头,放在炕桌边,火镰也在旁边。大强坐在靠炕窗一头,泰林就坐在炕边这头。桃花进进出出地招呼着,还得到厨房炕上管几个娃娃吃饭。

"爸,再敬你一杯,您老掌这个家不容易。"泰林从老酒壶里斟满一盅酒,双手递给戚大爷。戚大爷接了盅子,"吱"的一声,酒下了肚。盅子轮到大强面前,大强自己倒了酒,"吱吱",也下了肚。盅子到泰林跟前的时候,戚大爷拿了过去,倒满盅,放在泰林的面前,说:"做了一天的活儿,好好喝一杯。"大强闪动着眼睛，望了望戚大爷，又看看泰林，缓缓地说："老九，爸让你喝，你就喝了吧。"泰林脸一下子涨红了，结结巴巴地说："爸，你知道我不会喝酒。""喝，就这。"戚大爷一字一板地说。大强说："爸是有事给你说，你喝。""吱""吱""吱"，泰林喝下去，忍不住咳嗽了一下，粗大的手抹了抹嘴角。"来、来，桃花你也喝一盅。"戚大爷抬抬眼，瞅了一下桃花。桃花连忙说："爸，你这是做啥呢，哪有女人上桌子喝酒的。""叫你喝，就喝。就这。"戚大爷说得很慢，但声音很大。桃花说："我不会，还得看那几个淘神费事的。"说着就出了堂屋门。戚大爷抬起头，看了一眼桃花出门的身影，转过脸，对着大强，"你替你媳妇喝了。"大强也把看桃花出门的头转过来，迟疑了一下，面向泰林说："咱爸这是有大事，整得比过年还过年。"伸手拿了酒盅，倒满酒，"吱"的一声，热酒就顺着喉咙下去了。"说这有啥用，你去你屋里，我和老九再喝几盅。"戚大爷席上逐客，泰林一头雾水。

东边厦房里已经没了声音，想必孩子们都睡了。轻轻落雪的声音透过窗纸传到屋里，雪更大了。

"老九，你的腿肚子挨了三枪，王先生家里还留着取出来的炮子。"戚大爷拿起吸水烟的铁签签拨去了煤油灯的几个灯花。

"爸，你救我，收留我，这恩情我一辈子都记着。"泰林边给戚大爷倒酒边说。

"记不记，小事。爸也有难处。"戚大爷的语气含着叹息，"我把咱家三辈的事，也给你说说。"大爷放下水烟袋，端起泰林送过来的酒盅，"吱""吱""吱"，很慢地喝下去了。

第四篇　生命风景

"你太爷,一个儿,你爷爷一个儿,我一个儿,三代单传,香火不旺啊!"戚大爷说话有点软。

"我老家里,我爸就我一个儿子。听我爹说,娘投井的时候,肚子里还有一个,也不知道是客还是主儿。"泰林涨红着脸,眼睛也红红的。

"你爸你妈是苦命人,碰上了倒霉的年代,没法的事,"戚大爷叹了一口气说:"过两年,收成再好一点,给你说一个媳妇,生一窝子娃娃。"戚大爷又拿起签签拨了拨油灯的捻子,灯又亮了一些,戚大爷嘴角的笑纹一抽一抽的。

"不急,开春把西边厦房也瓦一下,您住的这屋子也得把西墙漂一下,窑上的砖胡基钱我攒着呐。"泰林对家里的活儿门儿清。

"老九,得亏了你。"戚大爷说着又拿起来水烟袋。"呼噜呼噜"吸了两口,把烟匣拔出来,在窗台上磕磕。

"一家人不说两家话,您别这么说。"泰林直起腰来,又给戚大爷添酒。戚大爷这会儿脸红红的,额头上血管很明显,老棉袄也丢在一边。"老九,话说得对,咱就说一家人的话,"戚大爷放下酒盅,说:"泰林,咱家得有一个日后当家的孙子。""那是,地里活计没有男劳不成,九亩地呢。"泰林应付着,不知道咋把老人的话搁住。

"你大强哥,仨女子,就没生牛牛娃的命,"戚大爷这下就直奔要命的地方开说。

"哥和嫂子还年轻,"泰林接着说,"家里的活儿有我,爸,你老了,多歇着点。"

"大强，指望不上，戚家不能在他这儿断了根，"戚大爷眼睛湿湿的、红红的，"过年，给神轴子上咋写，给老先儿咋交代！"说着话，满是皱纹的眼角流出了眼泪，戚大爷用衣袖抹了抹眼睛。

"这是不由人的事。我爸临终时拉着我的手也说过，逃过来命，长大了成亲，刘家不能断了根。"泰林说着也动了情，鼻子一抽一抽地翕动。

"那是这，过几年你娶了媳妇生娃就姓刘。"戚大爷似乎得到了什么灵应，爽快地说着，又用签签拨了拨灯花，屋子里亮亮的，亮黄的光照着这爷俩红红的脸庞和微微的笑容。

"那、那，行不行，爸你说了算"泰林说。

"就这，这话不说了。"戚大爷声音有些粗重。

泰林从炕上直起身，半跪着，说："爸，我再给您敬杯酒，就算儿子磕头了。"话落音，双手把一满盅酒捧给戚大爷。戚大爷端过酒盅，抿了一口，又递给泰林说："咱爷儿俩每人一口。"泰林迟疑了一下，接过酒盅，抿了一口。

"九儿，你姓刘，算外姓人，"戚大爷顿了一下说，"你是我的干儿子，戚家又算是你的家。给戚家办个事也算是尽本分。"

"本来的。"泰林应着，疑惑地看着戚大爷，不知道戚大爷要交代什么事。

"想让你帮戚家做件大事，"戚大爷又顿了一下，说："给戚家种一个主儿。"说完，戚大爷直起身子，直视着泰林，泰林头里"轰"的一下子，"爸，说啥！"泰林呼啦一下从炕上下来，光

第四篇　生命风景

脚站在地上，把油灯的火苗扇得忽闪忽闪地摇。

"就这吧！大强那儿我……"戚大爷停了停，接着说："你回屋先歇着。""还有，你明儿在大缸里撮一斗麦，你那儿细粮少。"也不明白戚大爷咋冒出来这句话。油灯该添油了，火苗很小，暗暗的屋里只有风从房脊上拉出的啸声。

泰林回到驮在东厢房山墙上的小屋，一头扎到炕上，鞋没脱，衣服也没脱，脑子"嗡嗡嗡"地响，在一天都没生火的冰炕上沉沉地躺着。过了好一阵子，第一遍鸡叫鸣的时候，他似乎醒来了，头很重，身上出奇地冷。拉开被子，蒙了身子，沉沉地睡着……

他的眼前似乎看见戚大爷推着独轮车送他去找村医王先生时满头的大汗，耳边有木轮子滚动时"吱扭吱扭"的呻吟声……

他的眼前似乎看见了拜戚大爷为干爸时供桌上的烛台和戚大爷吸水烟时媒头那一闪闪的火光……

他的眼前似乎看见了盼盼出生时戚大爷、大强哥没有表情的两张脸，听见了盼盼尖尖的哭声，接生婆嘴里叨叨说，又是个"客"……

他的眼前似乎看见桃花嫂子给盼盼喂奶时，白白的胸脯，红红的奶头。耳边响起盼盼边吃奶，边咂吧嘴的"哼吱、哼吱"的声音。睁开眼，漆黑漆黑的，什么也看不见，只有风呼呼的声音在门外盘旋……

他的眼前似乎有一根扎着红头绳的小辫子在摆来摆去。这是邻村一家人的四姑娘，他给这家帮忙盖房子的时候，四姑娘给匠人送饭时认识的,名叫婷婷。那时候管泰林不叫"师傅",叫泰林哥。一天,很热,上屋梁的时候婷婷攀上架子,给他递手巾擦汗。他手里拿着斧头和钉子,婷婷就让他转过身去,婷婷的一只手扶着他的肩膀,一只手给他擦从头上流到脖子、后背上的汗。婷婷下来架板时,回头看了他一眼,说:"自己也不带着手巾。"转身走了,扎着红头绳的小辫子在后脑摆来摆去……

鸡已经叫了两遍了,泰林这会儿真的醒了,裹紧衣服,还仰面躺着。风好像停了,轻轻落雪的声音隐隐地传进屋子。

"戚家的先人在头顶上看着呢!"戚大爷的声音从大门缝里挤出来,门缝里又透过来隐隐约约哭啼的声音。泰林坐起身来,用被子裹了身子,侧了耳朵听。"借,咋的""眼下,两姓人办的一姓人的事",戚大爷后来的话就断断续续的,风把大门刮得"咣当咣当"的,再也听不清堂屋里的声音了。又过了大约戚大爷一锅子水烟的工夫,西厦房的门"吱扭"一声,又"吱扭"一声,想必是有人开门进门了。

鸡叫三遍的时候,雪好像停了,门外死一般地寂静。泰林脱了鞋,拉开粗布里面儿的被子,这被子还是桃花嫂子今年才给他絮的网套。他打算睡一会。"当当",有谁在敲门。"老九,到你——你——嫂子,屋里,去一下。"大强说着就走了,只听堂屋门"咣当"一声。"该来的,还是不该来的,反正已经来了。"泰林心里这时全明白了。他下了炕,披上棉袄,就去拉门关子。这门关子是他做的,带内插销。就在拨内插销这二道门关时,泰林的手停了下来,僵了一会儿,又把插销插好,回身坐在炕沿上。

第四篇　生命风景

鸡又叫了一遍，雪又静静地下来，风把雪花不时地贴在窗棂上。泰林从黑暗里摸出来洋火，划着，点亮了煤油灯。他慢慢地从炕头的架板上取下包袱。这蓝格格粗布包袱布，是桃花嫂子织的。他把包袱在手里端着，看了很久。又从窑窝（墙上开的方形小洞）摸出来一个黄麻纸包，打开，取出纸包里他祭祀爹娘的两根蜡烛和一撮香。他从小案板上拿了一个黑瓷碗，从案板下的陶罐里抓出几把玉米糁放在碗里，点着两支蜡烛，就着煤油灯的火苗把蜡烛的下端烧融，沾在黑瓷碗的两边。他把棉袄的衣襟拉平，跪在案板前，点着一根香，双手插在玉米糁的碗里。

"爹，娘，儿今儿个要做一件对不住戚家的事。"他说，"我不能给这家留下祸秧子，让这家人祖祖辈辈心里都压着一块大石头过日子。"

他又点着一根香，双手插到黑瓷碗里。

"爸，明儿个，您一定会骂我忘恩负义。"他低下头说，"爸，我不能对不住大强哥和嫂子，我想不明白，假如有了这事，他俩日后咋过。""等我娶了媳妇，就回来，还给您做儿子，再带一个儿媳妇。我给您养老送终。"说完这句话，他心头一下子轻松了。

他站起身，点着了第三支香，插在黑瓷碗里。

"大强哥，嫂子，你俩好好过，一定能生一个胖牛牛娃。兄弟得走了，兄弟得把一个完完整整的男人给将来的弟妹。我走了，你俩和我都敞敞亮亮、圆圆满满地过日子，多好！"

泰林站起来，轻轻拍掉膝盖上的土，吹灭蜡烛，任由香火慢慢燃，青烟袅袅。背了包袱，转过身，把住了三年的小土屋仔细地看了一圈，吹熄了煤油灯，轻轻地打开门关子，迈过他精心做的门槛，轻轻地关上门。透过大门的缝隙，堂屋里亮着灯，厦房里也亮着灯，忽明忽暗的亮光都在门缝里闪跳。泰林路过猪圈，母猪在新盖的棚屋里哼哼得很舒服，他心里说，大黑，你也得争点气。看看猪栏的栅栏门，摸摸插门的铁棍儿。转身再望望日日里进出的戚家大门，躬下身子，深深地鞠了一个躬。

　　天快亮了，雪已经停了，风也停了，雪地上留下了泰林清晰的，匀称的，深深的脚印，这脚印一直朝大路那边去了……

　　天大亮了，戚大爷披着棉袄，从泰林的屋里出来，望着一行雪地上均匀的脚印，长叹了一口气，喃喃地说，"两家人……两辈人……这狗日的……"大强今儿个起得贼早，也站在大门外看着这一行远去的脚印，低下头，又抬眼，沿着这清晰的脚印向茫茫的雪地望去。厦房里又传出桃花的声音：尿，尿，快长大吧，长大就把我饶了。"听这话味儿，一点也没有抱怨。

第四篇　生命风景

女电工

我十二岁的时候知道了一个天大的东西：电。十二岁以前，家里点的是煤油灯和豆油灯。煤油灯有两个类型，一个是墨水瓶盖上钻一个眼，在眼儿里装上用铁片卷成的小管，把棉花捻子穿过小管，墨水瓶里添上煤油，把棉花捻子长的一端放在瓶里，盖上盖儿，在露出的一端点火，就成了一盏灯。二是我妈的嫁妆"罩子灯"，玻璃瓶，玻璃罩，罩里的结构和煤油灯一样，只是点着扁的捻子罩上罩子，本来小小的火苗变大了，比墨水瓶做的煤油灯亮多了。墨水瓶做的煤油灯要想亮一点，就得把捻子向上拉长，这很费油，小时候就知道一句名言，说有些人花公家的钱不心疼是"官油粗捻子"。豆油灯，那是祖传的灯，很有一点历史感。我的曾祖父曾在灯下苦读，中县试后，秀才升了贡生的，所以一点上这个灯，奶奶就要说说读书和戏文的事。这个灯有光光的把手，有铜的立柱，有周边小波纹的灯盏盘，豆油就添在盘中，一根棉花捻子从油里拖出来，搭在盘的边沿。豆油灯的光是最小的，但是一盏油能点很长时间，适于夜读，曾祖父就是这样读书的，这也真太苦点儿了吧！每天晚上，孩子们早早就被大人赶上了炕，早早睡觉是为了省油。在我读完小学六年级的时候，考中学比现在考大学还难，我们这一带只有一所中学，我们村里小学每年毕业四个班，一百八十多个学生，考到镇中学的不超过十个，于是升学考试前学校是加晚自习的。我们每人从家里拿一盏煤油灯，集中在学校上自习和辅导课，油烧完了就回家。自习上完了，眼圈是黑的，鼻痂子是黑的，都是煤油的烟熏的。当时上晚自习家里的投资就是每晚上一小瓶煤油，这已经是很奢侈的投资了。

十一岁那年，我们巷子里发生了一件大事，在西安航空技校上学的焕琴回乡了。三年前，焕琴考上了技校，户口转走了，人背着行李上了进城的汽车，村里人确确实实地羡慕了一阵子。这姑娘，有出息，进城了，成了洋学生了，念的是造飞机的书，但从此村里又少了一个脸上总是带着笑容的姑娘。论乡里的辈分，我把她叫姑姑，焕琴姑也经常拿出我的课本子考我，答对了，她一笑，答错了，就在我的脸上拧一把，笑着说："人不笨，读书不专心。"她走了，我们几个小学生老实说有些失落；但是，她怎么又回来了？

过了不久，一天放学后我们几个去新修的"引水上高原"的新渠跌水潭玩。跌水潭就在村北，我们到那里的时候才发现那里正在盖房子，我们就好奇地进了工地，在工地里我才第一次看见回乡的焕琴姑。她正在和几个村干部说着什么，根本就没看我们一眼。村里唱戏时老拿着竹竿吆喝看戏的不要挤的六爷走过来，"走，走，别在这儿玩，小心朝天钉子。""六爷，盖啥房呢？""水电站。""水电站"第一次听到这么新鲜的词儿，"丈二金刚摸不

第四篇 生命风景

着头脑",但是我知道和电灯有关,老师带我们去镇上的中学看过,我是见过电灯的。如果村里真的能像镇上的中学一样,就不用点煤油灯了,这可真是天大的事儿!

几个月后的一天,放学很晚,回到家时屋子里已经很黑了,厨房还没有点灯。妈妈说:"你看这是啥?"她用手指了指我的头顶。头顶上,一根电线从房梁上吊下来,电线下面吊着一个灯泡,跟我在镇中学看见的一样。"有电灯了?"我惊奇地问妈妈。"三队长说一会儿灯就亮了",看起来妈妈也是很惊喜。我半摸黑地从锅里盛了一碗面条,正在找放馍馍的篮子时,电灯"唰"地亮了,我听见前院后院都传来"来电了,来电了"的欢呼声。就在这时,电灯忽然又灭了,前后院又传来"啊,啊"的惊叫声。又过了一会儿,灯又亮了,一颗吊着的心才放下了。电灯一会儿很亮,一会儿又暗到只有一点红丝丝。妈妈取了洋火点亮了煤油灯。有电的第一个夜晚就在电灯的忽明忽暗、风吹油灯忽闪忽闪的两个光的照亮里度过。电灯的开关也没有拉,煤油灯也没有吹灭,一个羞羞答答地要来了,一个犹犹豫豫地要告别了,就这样一直到上下眼皮合着就睁不开了,我走进了农村有了电的梦境里。

几天后,电灯虽然还是一会明一会暗,但明的时间长了,暗下来的时间很短,煤油灯不用点了,但并没有收拾起来,妈妈又让我到村供销社灌了一斤煤油。这几天村里、队里、家里、街上谈的都是水电站的事,前院五爷拿着旱烟锅子就着灯泡点不着烟的事,但谈得最多的还是焕琴姑姑的事。焕琴姑姑简直就是我们村的"神",我端着碗挤到巷子里的"老碗会"听大人们夸焕琴姑姑,心里也美滋滋的。大伙现在才从对一个洋学生不留在城里而回到农村的惋惜里转过神来,变成了竖起大拇指地赞美。水电站对我们村来说就是一个划时代的伟大事件,我们将告别洋火和煤油,大人们再也不用为打碎了一个墨水瓶子而打孩子了,再也不用为灌煤油的钱发愁了。但是妈妈睡得更晚了,借着电灯的亮光给我们姊妹兄弟缝补衣服,她老是说,不要把电糟蹋了。我曾经多次放学后到村北水电站去,六爷照例不让进去,只能听到"轰轰"的机器声音和"哗哗"的流水声音,"水""电""人用水发电"在小小的脑子里也常常"轰轰"地盘来盘去。

世界上好像就有些蹊跷的事,说什么就来什么,老师今天在课堂上说了一个俗语"天有不测风云,人有旦夕祸福",我听了觉得很有意思,后响放学回到家就听到一个像夏天炸雷一样的消息,焕琴姑姑死了,被电死的!据传言说是焕琴姑姑在检修线路爬上电杆子时被电到的,直接从杆子上跌下来的。村里人都说"电是要吃人的",我很难过,悄悄地哭了很久。我想焕琴姑姑不是因为电而死的,应该是摔下来受伤才死的。我们村的水电站可是全村骄傲的事,电是比家家的煤油灯更亮的灯,是村里过年过会唱戏再也不用汽灯的灯,是我写作业不用把眼睛熏黑的灯,是日子越过越好的灯。

焕琴姑姑走了,为了全村人的灯而走了,她走了,电灯却留下了,把我们村的光明留下了。焕琴姑姑是我一生见到的第一个"女电工",第一个放弃城市生活献身家乡幸福的人,第一个微

第四篇　生命风景

笑着挑起全村人希望的人。虽然几年后高压线架到了村口，村村都用上了交流电，但我村的水电站和为村民造福的焕琴姑姑依然是我乡愁里最深的情结。